小城豆蔻
与少年

李昕玥——著

九州出版社
JIUZHOUPRESS

图书在版编目（CIP）数据

小城豆蔻与少年 / 李昕玥著. —北京：
九州出版社，2018.7

ISBN 978-7-5108-6274-8

Ⅰ.①小… Ⅱ.①李… Ⅲ.①长篇小说–中国–当代
Ⅳ.①I247.5

中国版本图书馆CIP数据核字（2018）第229228号

小城豆蔻与少年

作　　者	李昕玥　著	
出版发行	九州出版社	
地　　址	北京市西城区阜外大街甲35号（100037）	
发行电话	（010）68992190/3/5/6	
网　　址	www.jiuzhoupress.com	
电子信箱	jiuzhou@jiuzhoupress.com	
印　　刷	北京盛彩捷印刷有限公司	
开　　本	880毫米×1230毫米　32开	
印　　张	8	
字　　数	192千字	
版　　次	2018年10月第1版	
印　　次	2018年10月第1次印刷	
书　　号	ISBN 978-7-5108-6274-8	
定　　价	46.00元	

谨以此书献给我的同代人！

序　言

几月前，昕玥告诉我，她在写一本有关自己中学生活的书。彼时，我还担心她这么小的年纪，进行长篇创作会影响学习。可后来，我发现这种担心是多余的。一个才华横溢的女孩，用业余时间洋洋洒洒地完成了一部十几万字的作品，这使我颇为震动和感慨。

昕玥有着超乎年龄的观察力、想象力，也有着非同一般的毅力、文字表达力，这部作品即是充分的证明，让我这个写了不少书的长者感到由衷钦佩。

这部作品反映了一个十六岁少女的世界观，她以自己的亲身经历为线索，写出了现代校园生活的一个侧面，并通过这个侧面映射出现代的生活的一部分。

昕玥捕捉到了时代的脉搏，记录并描绘出了一幅多彩多姿的青春画卷，她温良恭俭、正直磊落的情怀力透纸背。

在书中，她写出了与朋友之间的相处及尺度，与老师之间的矛盾及反思，对父母的依赖，对早恋的模糊定义等。

其实，每个孩子的心中都有一段不为人知的故事，它们随着时光的流转，也许会被忽视、会被遗忘。而作者选择用笔记录，记录下自己的璀璨年华，也记录下我们所处的时代。

当我们认真阅读这部作品时，会触碰到青春的律动及时代的印记。一叶知秋，有着幸福童年的孩子，细心观察生活，认真体验生活，再用自己优美的文笔流畅地表达出来，这种精神实在难能可贵。

从书中，我们可以看到小作者的创作激情，她不矫揉、不造作，于无声处听惊雷，于平实中现峥嵘，将自己的求学生涯生动地、真挚地描摹出来。对比我们所处的少年时代，我深深地感到了社会的大变化，大变革。

本书的内容基于作者初三一年的真实生活，黎玥是作者的一个缩影，或许也是茫茫人海中的你，在青春中悄悄地叛逆，悄悄地爱，逐步地成长。

多么美好的时光，多么令人艳羡的花季，人间四月天，春天的鲜花在绽放，少年是未来的希望，有这样的好苗子，何愁没有光辉的未来！愿作者保持一颗童心，向着未来，朝着自己的目标和理想再努力，也期待作者创作出更新，更具时代感的佳作。

李哲

美中教育文化基金会，副理事长

前　言

三千繁华，弹指刹那。

十五岁，这一年很倔强。

因为知道了一个说不明道不清感受的词语，所有人称它为"毕业"。

初三，这一年很懵懂。

没有生离死别，没有天灾人祸，没有那么多的惊世骇俗，有的只是淡淡的不羁与痛楚。

一如作家大冰所言，"真实的故事自有万钧之力。"

愿以此书纪念我们不曾珍惜的那一年，祭奠我们所凝望的世界。

希望，很久以后，回忆中的那年夏天，岁月仍悠悠。

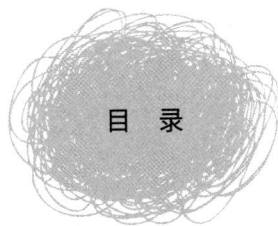

目 录

霓虹灯下的呢喃

（一）

秋月春风，唯散浮生一阙。

刚一脚跨进一中，顿感背后一阵阴风吹过，耳畔传来熟悉的声音：

"玥玥。"

一只胳膊搂上来，果然是她，我怒吼：

"韩小小！你每次是想吓死我怎么着？！"

韩小小一脸憨笑，搂着我的双手不安分起来。我扔了一个凌厉的眼神给她。

她咯咯笑着说：

"不敢了，玥，不敢了。"

韩小小本比我大，性格太过可爱，一双银杏似的眼睛，睫毛黑黑的，不羁地向上弯去，眉毛浓黑，戴着一副大黑框眼镜，似从漫画中走出来的秀丽女孩儿，小嘴儿粉红，叽里呱啦能说会道，身后一票子男生追着她献殷勤，可是掩盖不了她每天像男孩儿似的捧着手机打游戏过日子的事实。她总爱望着你嘿嘿地傻笑，让人不忍生她气，嗯，至少是我于心不忍。

我叫黎玥，性别女，一枚十五岁的妹子，人格健全，思想健康，当然说我没心没肺我也认，毕竟坦诚一点儿更好嘛。

俗话说物以类聚，人以群分嘛，我也跟韩小小一样喜欢叽里呱啦。

初三了，我们换了新校区，校园大到似乎没边没际。

与小小挽着手在校园中漫步，大槐树在阳光下树影斑驳，小石凳与小石桌静静地立着，四周铺满了黄叶，大片花海仍旧芳香四溢。秋天了，在一起的最后一年，就这么开始了。

本以为可以平静地度过，不曾想过初三一年竟也够疯，够拽，甚至四周弥漫着恐惧的气息，不过那都是后话了。

此刻的我正享受着大自然的美好，与小小一起，走进了那个承载了太多太多奋斗的激情却也夹杂着淡淡忧伤的教室，对未来一年的生活充满期待。

也才刚刚开学，我找了个不是很忙的下午，与小小和凝阳去了学校对面的甘茶度奶茶店，要了三杯巧克力奶。

小小又没带钱，死皮赖脸地和我卖萌："玥，今天你请了啦！"这家伙真是恬不知耻，又抱着我亲了一口，我无奈之下只得请了这家伙。

平常韩小小就喜欢追在我屁股后面，玥玥长玥玥短地叫，一不留神被她亲一口也是很正常的。

她早已练就了厚脸皮的功夫，可怜我近朱者赤近墨者黑，脸皮也变得比城墙墙根还厚。

记得初一的时候，小小与我漫步在朦胧细雨中，悄悄告诉我：
"我爸妈离婚了。"
她的语气那么平淡，我嘴动了动，却终究没说什么。
一个性格极其开朗的女孩竟也有难言之隐，她笑着，我却不知该摆出什么表情来面对她。

"别告诉别人哟，我只和你一个人说了呢。"

我点点头，挤出一个笑容，从那时起，我就一直想给小小更多的关爱，想要用友情弥补她亲情上的缺失。她表面上总是那么坚强，没心没肺的。而我，却感到有一丝说不出的心疼。

至于凝阳，是我从初一玩到现在的男闺蜜，一直被流言蜚语包围着的我俩竟然能保持三年纯洁的友谊也不容易。

凝阳嘛，女生缘不错的，个子不算太高，但也比一般女生高半头左右，有着白皙的皮肤，水灵的眼睛，两条修长的大长腿，充满磁性的嗓音。要不是因为其他人误以为我和他关系不一般，对他敬而远之，不然他还是有几个小姑娘追的。凝阳是纯正的乖乖男，听妈妈的话，从没有坏心思，被我们戏称为"妈宝"。

他同样也有一张能说会道的嘴，和小小在一起时简直能把我头吵大了，从早到晚不停地斗嘴，两人又刚好都一样很"毒舌"，我总是被夹在中间迷茫无奈地瞅着他俩，一个居高临下，镇定自若；一个仰头任性，小脸通红。

话题又跑偏了，在甘茶度的下午时光无非是灌了一大杯齁得嗓子都能掉出来的巧克力奶，无语地看着两个人打王者荣耀。

平淡的一下午就这么过去了，终究还是要各自离开。

许久以后，那家奶茶店的留言墙上仍留存着我们当时淡淡的笔迹——那是三个人的名字。

模糊记得，曾笑着许诺：

"繁华尽处，寻一处无人山谷，建一木制小屋，铺一青石小路，你我晨钟暮鼓，安之若素。"

谁曾想，没过多久，便是各奔东西，人走茶凉了。

林雨汐，这家伙真是长了一张五官精致的脸。

眼睛不算特别大，但是特别漂亮，像是月牙般，总是弯弯的。皮肤光滑细嫩，两缕细眉像是被人精心刻上一般，嘴唇微微干裂，却正显美人儿风采。脸上架着一副大大的眼镜，却也挡不住那炯炯神采。她不仅有着精致的脸，还拥有修长的美腿，加上"A4腰"，以及细长的手指，整个人像是从油画中悄悄溜出来的。

当然，毋庸置疑，她，即是班花。

程晨，林雨汐的男朋友。黝黑的皮肤，高挑的身材，高冷的外表下藏着暖暖的内心，一笑起来，让人感觉如春风拂面，甜到了心里。

程晨冷峻的脸和林雨汐的机灵可爱简直是绝配，多少女孩子就此对程晨死了心呐。

下课铃刚响，林雨汐便站起身来，朝着程晨走去。

程晨站起来，绕到雨汐的身后，亲昵地拥着她，下巴抵着雨汐的肩，在她耳边笑着轻声细语：

"上课是不是又没好好听讲？小坏蛋，光顾着看我了是不是？"

林雨汐的脸红了，咯咯笑着，小孩子般皱了皱眉，噘着嘴。

程晨看着雨汐优美的侧脸线条和孩子气地噘起的小嘴，他克制着想要微笑的冲动，假装严肃地问道：

"是不是？回答我！"

林雨汐回过头来，凝视着他，轻声嘟囔着：

"哼！你不看我怎么能发现我在看你呢？"

程晨一挑眉，用男生特有的磁性声音佯装生气道：

"你说什么——？你敢再说一遍！"

林雨汐低下头，撒着娇。

程晨眯着双眼盯着她，仿佛要把她从头到脚都看得清清楚楚。

他的双手拥着她，嘴角微微上扬，语气邪恶地对她说：

"走！去小卖部！总得先把我老婆肚子填饱了，回来再继续算账，否则你要怨我欺负你咯！"

两个人就这么走出了教室，身后留下一大片羡慕嫉妒恨的哀叹。

果不其然，开学没几天，班上就炸了窝了。

班主任老金蹬着高跟鞋，哒哒哒地走着。

一条紧身皮裤，加上一件大红风衣，嘴唇抹着艳丽的口红，像是要吃人，无名指上的钻戒，闪着刺眼的光芒，美甲鲜艳亮丽，妩媚性感。

我们把班主任老金称为"老班"，但其实三十岁左右的金老师在一众老师里还算是很年轻的。

老班的气场绝对天下无敌，有时候发起火来能让全班同学被吓得鸦雀无声。

老班咳咳地咳嗽着，一脚跨进教室。眼睛瞪得老大，踱步在偌大的教室里。

忽然，伴随着"刺啦"一声卷子被撕碎的声音，传来老金的一声咆哮：

"干什么呢干什么呢？！站起来！"

老金背后仿佛升起一团腾腾的火焰，班里没一个同学敢出一口大气。

情景再现：

林雨汐正在埋头补作业。她自己空白的卷子下面放着一张写满答案的卷子，她并没有完全照抄答案，只是遇到不会做的题目参考一下答案。

汐用余光扫到老金的身影晃到她面前，咽了口唾沫，唰地一下把写满答案的卷子从桌上抽走。

汐把头埋得很低，肩膀做贼般地缩在一起。

要说老金本没有注意到林雨汐的小动作，但看到她这副模样，心里顿时猜出几分。

实际上很多时候我们本没有犯什么大错，但总是会在看到老班时下意识地紧张起来，连自己都觉得自己做错了事。

老班一个箭步冲到林雨汐面前，一把抽过她紧握的卷子，胳膊一甩，眼露杀气地咆哮着：

"干什么呢你？！"

全班沉默，林雨汐一动不动。

"站起来！！"

老金扫了一眼手里的卷子，二话不说撕成碎片，一巴掌捏成圆团，甩手扔到教室后面。双眼直勾勾地盯着林雨汐，那眼神足以杀死任何一个胆子小点的人，牙齿咬得咯吱咯吱响。

"你倒是说话啊！你干什么呢？！"

"我只是补作业。"不知道哪里来的勇气，汐竟抬起头来，直视着眼前这个怒火冲天的暴脾气女人，丝毫不示弱，每一个字像从她嘴里蹦出来一般，打在每个人的心上，全班同学都替她捏了把汗。

"我平时那么信任你！你居然给我抄作业！啊？！是不是？！"

汐瞥了她一眼，仍然字正腔圆地说：

"我只是在补作业，我没抄。"

老金正在气头上，伸手握拳，冲着汐的太阳穴一怼，汐重心有些不稳，一下子坐到了凳子上，弄出一声巨响，吓得我颤了一下。

此时窗外的雨正飘飘然，雨点击打在窗上，冲洗着这世界。

程晨皱着眉头，恨不能立即站起来给老班一拳，他猛地踹了一脚前面没人坐的凳子，凳子"咣当"一声倒在地上。

老班被吓了一跳，回过头，狠狠瞪了程晨一眼，程晨昂着头，挑了一下眉，兴许老班觉得斗不过他，只骂了一句：

"造反呀都？！不知天高地厚的东西！"

程晨突然站了起来，眼里冒出怒火，心想你欺负我女朋友，还敢骂我？

他冷峻的脸上虽很平静，内心却波涛汹涌，紧握着拳头，指甲几乎要陷进肉中。

但最终理智战胜了冲动。她是个女人，她还是他的老师。

程晨坐下了。

老金一把拽起汐：

"说！怎么不说话？！"

汐看了她一眼，眼泪"啪嗒啪嗒"掉下来，就像决堤的洪水，谁看了都心疼。

"我……我昨天没写完作业……今天早上来补的……其他都是我自己写的，我有一道……不……不会，我就看了看……"

老金看到女生流泪，放轻了声音：

"你知道我有多么信任你吗？我看到你竟然抄作业，真的很失望……"

"我……我……没抄……"

"我最讨厌的就是撒谎的孩子！我希望你诚实点儿！！"

"我真没抄！！我就是不会写，借鉴了一下！"

汐抬起头来，直视着对方，老金明显不耐烦起来，白了汐一眼：

"没抄是吧？！"老金冷笑了一声。

她缓慢地拿起汐的政治练习册，粗暴地翻开，看到的都是空白，她一把抓起林雨汐的胳膊，怒吼道：

"补作业？！哼！我看看你补哪儿了？！"

她一把把练习册扔到教室后面的地上。

练习册在大理石地面上滑了一段，停了下来，书皮悲惨地掉了。

汐连哭带喊：

"我没抄，我刚刚准备补的！"

老金冷笑着，鼻子中轻哼一声：

"你太令我失望了！"

"我没有……"

"早自习时间应该做什么呢？！"

"背……背……背政治……"

"你也知道？！"

老金瞥了她一眼，歪了歪嘴，看向了窗外。

窗外的雨点越来越起劲，竟在空中舞起了华尔兹。

老金叹了口气，回过头来扫了一眼面前哭哭啼啼的女孩，最终还是温柔了下来：

"小汐，老师一直很信任你，老师希望你说真话，好吗？有什么不会的，你要主动去问咱们的老师啊，你说呢？金老师不会没事就找你的茬儿，老师希望我们班的孩子不管学习怎样，都要做品行端正的人！"

汐也低下了头：

"金老师，我真的是自己写的，就是有一道题不会，才拿来参考一下过程，然后再自己写的。"

老金没说什么，默默走到后面，捡起散落一地的练习册，放到了汐的桌上，意味深长地看了她一眼。

熟悉的下课铃声《致爱丽斯》又响起。

"下课休息吧。"

老金抱着一沓书，匆匆走出班外，只留下一个不知如何描述的背影和单一的高跟鞋声。

汐长出一口气，无力地坐下，趴在桌子上，手环着头，轻轻啜泣。

程晨小心地捧着一杯热乎乎的奶茶，轻轻弯下腰，凑到雨汐的面前，对着她做了一个鬼脸。纤长的手指撩起雨汐耳边的几缕柔发，吹了一口气，在汐耳边轻轻呢喃着：

"宝宝不哭了，我在呢！不许哭了呢！我们家宝宝可是小仙女！怎么能为这点小事伤心呢！"

汐转过头，脸上挂着泪珠，泪眼蒙眬地看着程晨。

程晨一把把雨汐拥进怀里，轻轻拍打着汐的肩膀，嘴里还不停地嘟囔着：

"宝宝别哭了，都怪我不好！我应该帮宝宝的！宝宝……宝宝……再哭就不好看了呢！"

汐从程晨的怀里挣脱出来，昂着头，噘着小嘴，一脸的不开心，带着哭腔质问他：

"我哭了很难看吗？"

程晨用食指勾起雨汐的下巴，凑了近，邪魅地浅笑着：

"宝宝全方位三百六十度的漂亮！不过她要是再哭，我就不要她了，因为我不想她难过。"

雨汐又流起了眼泪，小拳头捶着程晨的胸脯：

"不要就不要！我不喜欢你了！"

程晨皱着眉头，瞪着她：

"嗯？你再说一遍！"

"我说！不要……唔……"

后面的话早已被程晨堵住了，仿佛在为女孩儿治愈伤心。

我就这么一直看着，看着，我多么希望安慰你的人是我，雨汐。

可我，不能……

九月，时光正好，叶子绿得刚好，花香淡淡，花朵在丛丛绿意中若隐若现，叶片乘风摇曳着，旋转着，悄悄静默地飞舞在这世界上。

初中的最后一次运动会，终于不动声色地来了。

按照学校的传统，开幕式将会有一场 cosplay 的较量。

海盗服成了我的首选。

那日如约来临。我穿着淡粉色的连衣裙，戴着海盗帽子，长发披肩，特意编了几缕，随意飘散着。

与小小挽着手，嬉闹着，踏进校园那片花海。

远远地，望见了程晨和林雨汐。

郎才女貌，羡煞众人。

林雨汐身着黑亮的短裙与白色衬衫的搭配，细长笔直的双腿，脚蹬一双简洁的匡威黑色帆布鞋，尽显高挑的身材，乌黑柔顺的长发如瀑布般垂及腰际。

程晨一件亮红色外衣带着痞气地随意披在身上，映衬着男孩儿冷峻的侧颜，一条黑色长裤包裹着细长笔直的双腿。

海盗服能穿成这种水准，全世界就服这二人。

林雨汐侧仰着头，挑着眉毛，小嘴嘟囔着什么，程晨宠溺地看着她，搂着她的腰肢，另一只手轻轻帮她理着头发，嘴角勾起一丝笑意，淡淡的，却甚是迷人。

我们擦肩而过，林雨汐头也不回，留下一个背影。

我驻足，转头，凝望。

小小不说话，只叹了口气，却也静静地陪着我。

此刻，安静无言。

几片树叶盘旋着拂过脸颊，蓬勃的绿树下，一个女孩儿怀里抱着一本书，站在小石砖上，回头望向远方。

另一个女孩儿拉着她的手，摆弄着书包带，花海包围着她和她，窸窸窣窣的仿佛在诉说着什么。

平时一向喜欢喧嚣的我，今年运动会上却感到无限忧伤。

可曾想，一群人的狂欢，是一个人的孤单。

偌大的操场上，我坐在小角落里，耳边的《奔跑》让人心生厌烦。

吵闹的操场，刺耳的枪声，这一切，无法逃离。

我站起身来，悠悠地走着，漫无目的，没有告诉小小，只是想一个人静静，一个人而已。

走进教学楼，四周安静了许多，放慢步子，不知何时，已是走廊的尽头，阳光从窗外挤进来，一束清幽的光洒在大理石上，阳光下的灰尘显得如此清晰。

正当我抬手，试图轻抚那阳光时，一个熟悉而又冰冷的声音响起：

"咳，躲到这里了？"

果然是她，清瘦的身体，面无表情，我别过头，沉默。

"玥，对不起！"

她的声音哽咽了。

我皱了皱眉，心仿佛被猛地一揪，内心的欣喜被假装不屑的表情掩盖住。

"哦……"

我转过身去准备离开，一只手出现在面前。

"别走！"

"……"

"我……想和你，聊聊。"

长廊尽头，两个女孩儿，面对面，却眼神闪躲，都望向其他地方，暖阳洒下，沉默良久。

"知道吗，难过的不只是你，那时……吵架，原因我想你明白，也算我们不信任你，但请你原谅，可以吗？"

"什么原因？"

"凡那时追学长，你应该知道的。"

隐隐约约，大脑深处似是有这样一个回忆，我微微点了下头：

"可能知道吧。"

"嗯，凡追学长的事被老班发现了，有个家长向她反映了这件事，老班当时很生气，她把凡狠狠骂了一顿，说她不务正业，偷鸡摸狗。"

"和我有什么关系？"我不耐烦道。

"凡以为……是你妈妈说的。"

我气愤至极，瞪了她一眼：

"你们是都怎么了？当时你们什么都不和我讲，我怎么可能知道？！活该被骂！呵……"

我甩手离去。

此刻长廊显得那么幽静，似乎没有尽头，大脑被各种事情占满了，良久不愿去触碰的回忆终究涌了上来，杂七杂八的，甚是令人心烦。

那是很久以前的一天。

刚上初二，离开旧校区，面对新的校区，不免有些伤感。

新校区只有初二和初三的学生，我们作为初二的，显得略为稚嫩。

我趴在窗台上，萧凡和雨汐在身边。

暖阳轻轻柔柔，从窗外探进来，洒在我们身上，我眯缝着眼，悄悄地瞥一眼旁边的两个女生，我想也只能用唯美来形容此刻了。

"啊啊啊快看快看！！"

凡突然叫嚷起来，手指着窗外一个男生，眼睛瞪得溜圆。

"好帅啊！"

"行了哈！口水流出来了哈！哎哎哎！"

我无奈地在她眼前晃晃手，她满脸花痴样，整个魂儿都好像让勾了过去。

我摇摇头，吐了下舌，这个傻瓜！

凡初一的时候留着齐肩的长发，初二剪成了短发，碎刘海桀骜地搭在前额，皮肤柔嫩，不算白，但绝对养眼。红嘟嘟的嘴嵌在脸上，总喜欢哈哈哈地大笑，露出几颗白白的大板牙。凡有着高挑的身材，若是穿着白色 T 恤、黑蓝色长裤的夏季校服，看起来就像一个小正太。

虽然我一米六七的身高也不算太矮，然而和雨汐、凡站在一起时，总会显得我好矮，腿还短，三个人站在一起，就像一个"凹"字。

我们三人就组成了现实中的时代姐妹花——就像《小时代》里描述的那样。

若说我们的三年，虽没有小说中那样轰轰烈烈的感情波动，却有着在现实生活中，比其他人更加疯狂的青春，尽管有时为此吃尽了苦头，却也苦中有甜。

我们三人各有特色，凡就像《小时代》里的唐宛如，疯癫机灵，古怪好动。

雨汐就像林萧，很努力，也同样拥有着一段常人所向往的爱情，很美，但是美得纯粹，却又令人仰慕。

我嘛，原本更像唐宛如，经过一些变故，最终成了现实版的顾里，因为我气场够强，震住一个班还是差不离的。虽然偶尔也同样疯疯癫癫，但我还是比较有度，不会像凡一样太过夸张。

实际上，初一的时代姐妹花中，还有一个，她很像南湘，总是给人唯美的感觉，是真正的女神，很是优雅，也很文艺。

她个子不高，及腰的长发，美得朦胧的小脸，还有一双会说话的大眼，只是安静地站着就能给人以美感，像画中的女孩儿，可望而不可即。

由于种种原因，四人时代姐妹花关系最终也破裂了，只剩我们三个。

残缺的姐妹花，流离在时光深处，经历着属于我们的小时代。

再说回当时那天，凡已被窗外的那男生迷得神魂颠倒，对方仍浑然不知。

实际上男生也并不是多么帅气，只是看起来很阳光，让人有安全感。

接下来的几天凡和雨汐总在一起，似乎在密谋些什么。有时感觉气氛甚是凝重。我仿佛局外人，不明所以，但也总觉得好像要发生点儿什么。虽然也很想探探究竟，终究不知怎的，并没有开口。

……

"凡所喜欢的学长，有女朋友。"

这是很久很久之后我才知道的。

那时，凡不懂事，可是，我们当中又有谁真的懂事呢？

年少时的我们总是很傻很单纯，感情来得快并且不受控制。

凡通过千方百计，加了那个男生为 QQ 好友，并且很快就热烈地聊了起来。凡就像个热恋中的小女生沉醉在这段有些危险的感情中。

终究，凡与男生的聊天被男生的女朋友发现了，但凡对此一无所知，仍然很开心，每天蹦蹦跳跳得像只兔子。

另一个对这一切都一无所知的，是她最好的闺蜜——我。

我不知道我做错了什么，让她们视我如外人，这么重要的秘密竟然都不告诉我。但我仍然察觉到她们的疏远，纠结着给雨汐发了那条信息：

　　"为什么你们会与我疏远到开始讲悄悄话，好像不再需要我，好像我只是一个外人？我们不是最好的朋友吗？也许是我做错了什么让你们失望了，但你们可以跟我讲，我可以接受，做错的事我也可以改。但是不要再这样背着我说悄悄话，让我担心难过，行吗？"

　　雨汐很快回复了我：

　　"我们没有讨厌你，也没有刻意对你隐瞒什么秘密。可能是因为最近情绪不好，有时候跟你讲话时语气冲了些，才让你感觉到我们的疏远。我以为你不会在意这些的，别瞎想了，我们还是好闺蜜啊，傻瓜。"

　　本以为，几段文字可以解开心结，事实却是我自作多情一场。

　　经过这样一次事件，我们的关系越来越疏远了。我们之间的友情竟是这样不堪一击。

　　我试图挽回，可曾经的好闺蜜还是渐渐离我远去了。

　　再回想那时的时代姐妹花，许诺永远不分家，也只是曾经的曾经了。

　　记忆中我们曾一起笑着闹着的画面渐渐朦胧了起来，像被一层雾吞噬包裹，不容我触碰。

　　也许，是不愿触碰。

　　最终，我退出了，我本以为自己对曾经的一切不屑一顾，可曾想，心碎满地，痛楚难堪。

若不能成为别人生活中的礼物，就不要走进别人的生活。

是的，从刚开始，我就错了。

尽管不愿触碰，却也还是通过许多途径还原了当时的情形。

"下课后博二楼见。"

"等等，学姐，我……"

"你还有脸叫我学姐？！和你这种人说话简直是对我的侮辱……"

"啪"的一声电话挂断了。

凡感到一阵眩晕，她身子忽然一偏，贴着墙倒了下去。

雨汐见状，惊慌失措：

"凡凡！凡宝宝！凡……你……你可千万不能……不能倒下……"

她用力地晃动着凡的领子，凡紧闭着双眼，额头沁出细微的汗珠，嘴唇微微蠕动着，仿佛要说什么。

雨汐眼泪肆意落下，喃喃自语：

"黎玥，我好想你，你在哪里？"

此刻教室里的我对此一无所知，正用笔敲着脑袋，绞尽脑汁去思考一道数学函数题。

教学楼外，两个女孩，一个倒在地上，另一个趴在她身上，不知所措，迷茫落泪……

博二楼。

"来了啊。"

学姐冷笑着，斜睨着面前紧张地颤抖着的女生。

"不错啊，还挺有胆量的呵。"

她凑上前去，勾了一下凡的衣领，眼神满是杀气。

凡一颤，还是不屈地抬起头，与那双冰冷凌厉的眼睛对上。

随着清脆的一声"啪"，一个火热的巴掌落在了凡的脸颊上。

学姐冷笑着说道：

"不知好歹的臭丫头！知不知道自己错在哪了？"

凡没有任何回应。

这反而激怒了这个可怕的女人。她揪起凡，又一巴掌落在凡的脸上，凡只是一动不动地任凭对方打。

学姐又上前一把推倒了凡，恶狠狠地瞪着她：

"警告你，今天姐姐先饶过你，别让我再看见你一眼！"

说罢，甩着一头黄发，头也不回地离开了。

凡狼狈地趴在地上，憋了许久的眼泪总算喷涌而出。她转过身子，躺在地上，任由眼泪肆意地顺着脸颊流淌。

空中无云，湛蓝色染了一片天，女孩儿就这么呆呆地望着出神。

若是一切都能像这天空一样纯净简单，该有多好。

"给我查那个女孩儿的所有信息，马上！限你们一天内查出来！"

偌大的别墅里，金黄色头发的女孩一边在镜子前慵懒地整理着卷发，一边将刚挂断电话的手机扔在沙发上，脸上透着一股杀气，眼神犀利，牙齿咬得咯吱响。

女人这种生物生起气来威力真的不可小觑。

男孩儿从门外走了进来，女孩儿笑眯眯地迎上去，娇媚嗲言：

"老公——你来啦——！"

男孩抽了抽嘴角，轻哼一声：

"嗯，刚刚听到你打电话说要查人，怎么回事？"

"没什么没什么！一个小丫头欺负到我头上来了，胆子挺大的！不教训教训怎么能行！这事不用你操心啦！晚上去哪里吃饭呐，亲爱的？"

手机里传来一个文件，女孩儿点开，仔细阅读，嘴角微微翘了一下，不屑地哼了一声：

"就这样的背景还敢跟我叫板，看来非得给你点教训尝尝。"

女孩儿走进卫生间，拨通了电话：

"威哥，帮我教训一个人……嗯嗯……好……"

镜子里映出女孩阴险冷酷的脸。

放学了，凡和雨汐没有等我，直接走了。

我总觉得她们似乎有事瞒着我，于是跟在她们屁股后面悄悄地跟踪着她俩。

小巷里，一群彪形大汉大摇大摆地晃出来，拦住凡：

"我还以为多么大的一个对手呢！原来就是个不知好歹的臭丫头！爷几个今天教育教育你什么是做人！"

见几个人逼近，凡和汐颤抖着，低着头，紧紧拥在一起，凡抽泣着：

"对……对不起……我以后再也不干这种事儿了……"

"说句对不起就行了？少废话，上！！"

雨汐正要上前帮忙，一个大汉转过狰狞的脸，盯着她：

"你乖乖地站在那里，否则我连你一起教训！"

雨汐咽了一口口水，小脸上尽显恐惧，不知所措地呆立在原地。

我刚拐过弯来，见此情景，吓出一身冷汗，连忙拨通110。

大汉已经逼近，一手甩上来，"啪"的一声，凡柔嫩的肌肤上留下了几个鲜明的手指印。

女孩儿的痛哭声随之响起，令人心碎。

终于，路口响起警笛声，几个大汉闻声，眼里闪过一丝惊慌，睨了一眼凡：

"哥几个今天就放过你了，你给爷爷们小心着点！"

说罢，几人匆匆落荒而逃。

雪白的医院病房里，凡躺在床上，她的头微微偏了一下，我和雨汐连忙凑到跟前：

"凡，你醒了吗？"

凡皱皱眉，挣扎着睁开眼，虚弱至极，令人甚是心疼，看到是我，凡稍稍一愣，雨汐拉着她的手：

"是玥救了我们……"

凡看着我，久久的，眼泪沁出眼眶。

我拍拍凡的头，"我还有事，先走了。"

病房外。

我的眼泪终究夺眶而出，埋着头毫无方向地向前跑着。仿佛这样就能抛下身后的世界，抛下身后的一切。

凡，雨汐，为什么和我这样陌生，为什么不告诉我任何你们所谓的秘密呢？

大雨滂沱，我毅然跑进雨中，这纷扰的世界中。来到儿时最爱的那个地方，现如今早已没有了一丝纯真，一切都变了，人造的湖水显得假惺惺的。站在灰色的台阶上，悠悠的，恍惚，彷徨。

终究忍不住，向着满是乌云的天空怒吼：

"凡！雨汐！你们到底要怎样？！"

"我讨厌你们！我恨你们！！"

"我……我……我再也……不想……和你们……一起……"

"我……我……只要你们道歉……不，只要你们……还像原来一样爱我……我可以……可以……原谅你们……我们还像以前那样……幼稚……可以吗……"

最终嗓子嘶哑，身心交瘁地倒在了沙滩上，任雨点，任一切冲击着我。

自始至终，凡和雨汐的父母对此都一无所知——我的父母？连我都不清楚整个事件的来龙去脉，更别说闲得无聊去和我的家人描述了。

回到运动会现场，此时接力赛马上就要开始了。

虽然我的吨位一直属于熊猫级别的，但我是跑得算快的一类，又因为是初三的最后一次运动会，不想留遗憾，在大家的推荐下参加了接力赛。

发令枪响起的那一瞬，所有人奋力向前，接过棒的一刻，我发了疯般地冲了出去。

三百米的距离，似是不长，却也不短，终点在眼前晃着，仿佛梦想也在眼前晃着，我拼了命地跑着，不管结果怎样，努力了，就够了。

正好似，这世界，这人间，这一切。

余光扫着四周，金色阳光潇潇洒洒，老金和同学歇斯底里地喊着，为我加油，瞬间，眼眶湿润了。

更多时候，不是一个人在战斗。

我的身后，有我爱的你们守候。

交棒后，雨汐跑了过来，挽着我，慢慢地走在校园里，没有一句话。

我们已经有多久没有像这样挽着手漫步了。

就这样静静地走着，仿佛喧闹的校园里只剩下雨汐和仍然满头大汗的我，心里感觉很甜。

到了运动会上的保留节目游戏环节，班里的同学围成一圈，席地而坐。

雨汐连输两局。

"请选择一个同性朋友，说出你最想和 Ta 说却因为种种原因从未说出口的话。"

雨汐眼睛看向我：

"黎玥，我……我想和你说，从你同意让我找回你的那一刻，我就决定，再不会丢下你。永远爱你。"

刹那，泪眼蒙眬，我低下头沉默着。

很快进入下一轮。

"请选择一个在场的异性，对他说一句悄悄话。"

毫无疑问，雨汐果断选程晨。

程晨斜睨着眼，挑衅地望着雨汐，雨汐红着脸，嘟着果冻般柔软可爱的唇，凑到程晨耳边，轻声细语：

"我……我饿了。"

程晨不满地看着雨汐，昂起头：

"你就想和我说这一句话？没有了？"

"嗯！对啊！没有了！"

程晨食指勾着汐的衣领，鼻尖挨着，程晨的眼神可怕到好像要把雨汐吃了，雨汐的眼神躲闪着，推着眼前的这个男孩儿，别过脸去，不愿正视他。

程晨突然靠近，在女孩儿柔嫩的脸庞上留下浅浅一吻，嘴凑到女孩儿的耳边：

"再给你一次机会。"

女孩儿羞红了脸，抿嘴笑着。

"哎哟哎哟！"

突然传来一声惨叫，二人立即似触电般弹开，转过头去。

只见冬愁眉苦脸地说："耳机掉烤冷面里了。"

所有人向他投去怨念的眼神，嫌弃他害得大家错过一场你侬我侬的好戏。

冬绝望地瞅瞅烤冷面，又瞧瞧耳机，小心翼翼地拎出耳机，耳机上沾满了烤冷面酱。抬起头，几双充满怒火的眼睛正瞪着他。

他呵呵傻笑着。

萧凡从牙缝里挤出两个字："揍他！"

"嗷！不要啊！为什么受伤的是我啊！"

初中的最后一个运动会在冬的惨叫和我们的大笑声中悄悄地结束了。

我们就这样又送走了一段美妙的初中时光。

（二）

校园生活终于又恢复了平静。

老金要按成绩排座位了。

她蹬着高跟鞋丁零当啷地走进教室，手里拿着成绩单，扫了一眼全班同学，咳嗽了几声：

"啊同学们！我想了想吧，咱们以后按成绩排座位啦！"

班里一片寂静，气氛尴尬。

老金高兴地说着：

"惊不惊喜？意不意外？"

"嗯，不高兴！"

"好啦，高不高兴也没用，所有同学站到教室后面去，快点快点！动起来动起来！！"

孩子们都愁眉苦脸地挪动到教室后面。

"好！我现在按成绩顺序念名字，念到名字的同学过来坐到第二排中间啊，最好的位置啊。"

老金看了看默不作声的我们，很满意地点点头。

"骆一橙！坐到那里去！"老金指着第二排中间那个位置。

骆一橙高冷地走了过去，一句话也不说。嘴角微微上扬，轻哼了一声。

骆一橙，一个神话一般的存在，成绩傲人，稳居全班第一，最令人无法忍受的是他每天都在玩，经常放学去网吧，好多跟他一起出去玩，但都成绩下滑严重。总之他是一个神话。

突然我有一种不好的预感涌上心头。

"黎玥！你坐到骆一橙旁边！"

我挪着脚，一小步一小步，心里奔腾过无数只羊驼。

为什么我要和他坐同桌？为什么要和这种高冷到死，一点都不平易近人的大学霸坐同桌？救命啊！！我以后怎么放荡哎！！

我嘟着嘴，满脸的不情愿，一屁股坐在了椅子上，瞥了一眼骆一橙，眉毛皱成了一团。

骆一橙却丝毫不受影响，抱着肩，正视着极不情愿的我，邪魅地笑着。

老金还嫌事不够大，笑得极为灿烂：

"大家以后有任何问题就去问他们两个啊！不错嘛！"

我哀怨地看着老金，哪里棒了嘛！一个闷骚一个开朗怎么可能风平浪静啊，我不得憋死嘛！

初三的课程并不简单，尤其是化学课对我来说简直难上加难。第一次化学考试后公布成绩，我就有种不好的预感。

化学老师抱着一沓卷子进来了，面无表情地看了我们一眼：

"第一次考试还可以，咱们班六个满分的，我念一下名字，骆一橙，满分……"

聚精会神地听了好久，算了吧，没有我，但是估计不会差很多，也就会扣两三分吧？

卷子终于拿到手里了，我不敢打开看分数，闭着双眼，决定先做些心理准备，当我正深呼吸的时候，耳边响起了一个该死的沉闷的声音：

"才考了五十七，错了什么，怎么会扣这么多分，不听讲的也就考这个分数吧？"

我突然睁开双眼，瞳孔放大，盯着那个红红的五十七。

"别看了，就是五十七，看了也就这样了。"

我猛地扭过头，恶狠狠地盯着骆一橙：

"我考多少分关你什么事？要你管？你是我的什么人？"

"我只是好奇，什么榆木脑袋可以考出这样的分数，我要是有这样的脑子，我直接跳楼了。"他喃喃道，一边摇着头，一边用修长的手指敲着桌子。

我咬着嘴唇，脸涨得通红，大概只有这一次，他怼我，我没有还嘴。

"同学们把卷子拿出来，看一看，我接下来把这张卷子讲一下。"

我无神地看着卷子，趴在桌子上，蜷成一团。

许久，头埋在胳膊里。

是的，我还是不服输，哭了。

哭得很伤心，连同换座位的哀怨一齐哭了出来。

感觉到有人在碰我，我抬起头，双眼红红的，看着眼前的人，是骆一橙。

"哭有什么用，与其这样还不如想想怎么提分，给你一块糖当作安慰吧，行了，不许哭了听到没，我看着心烦。"

我看着眼前的糖果，听了这番话，别过脸，嘟囔了一句："还以为你有多好，会真的安慰我，什么人！我才不要你的糖，你心烦跟我有什么关系！"

骆一橙叹了一口气："好心被当成驴肝肺。"

我头也不回地怼他："就你还有好心？"

骆一橙不再作声。

我也不再理他，谁愿意管他心里怎么想呢。

默默擦擦眼泪，就让一切过去好了，我会继续努力的！

一转头，看见放在桌边的一颗糖果和一张小纸条，上面写着：我不会安慰人，你真的别难过了，你的智商可能就这么高了，后天多努力就好了。加油！

看着这张纸条，我哭笑不得，想撕掉，但又觉得不近人情，于是把它扔到一边，剥开糖纸，含着那颗草莓味的阿尔卑斯，甜丝丝的。

初三的第一次打击也这么过去了，一切会好的。

毕竟，路的尽头仍然是路，都属于这小小世界，只要还坚持走下去，总有一天会星火灿烂的。

马上国庆长假了，心都飞起来了。

最后一节物理课着实没心思听讲，百无聊赖地趴在桌子上。

《致爱丽丝》的上课铃声又不近人情地响了起来，我挣扎着坐直了身板，还是好好听课吧。

物理老师着一身风衣，飘着走进了教室：

"大家把卷子拿出来，这节课我们讲题。"

我拿出来卷子，叹了口气。

突然听见耳边一声抱怨：

"哎哟，谁踩了我的脚！"

陈曦哀怨地看着前桌。前桌的凝阳一脸惊慌：

"别看我啊！不是我！是……我的书包碰到你的！"

"别让你书包碰我！"

光顾着看他们两个吵架，我又错过了一道题的讲解。

哎，生活总是不给你发呆的机会。

"老师老师！您可以重新讲一遍嘛。"

老师看了我一眼：

"啧，行吧。这道题应该这样解……听懂了吗？"

老师带着期待的眼神看着我，我满脸懵圈地尴尬地盯着老师：

"啊……大概明白了……"

骆一橙冷笑了一声，我狠狠地瞪了他一眼。

《致爱丽丝》响了起来，感谢下课铃声及时的拯救。

终于放学了。

小小晚上要补课，我陪她去买晚饭吃。

走到校门口，小小看见了一个鸡肉卷店，把自行车停下来，我帮她看着。

没多久，她从店里走出来，皱着眉头说：

"不想吃鸡肉卷。"

她又凑到一个餐车前，看了好久：

"不想吃。"

看见旁边有一个卖煎饼果子的小车，兴冲冲地跑了去，看了几眼：

"算了，不是很想吃。"

我抱着肩，眉头拧在了一起：

"你这孩子真是的，还挺挑剔！"

小小最后还是买了她的晚饭，没错，那个小角落里的一根烤肠。

她乐呵地推着车子，高兴地说：

"皮皮玥，我们走！"

我充满嫌弃地白了她一眼，看着她狼吞虎咽的样子，还是笑了。

本以为一天也就这么简简单单的结束了。

回到家第一件事莫过于看手机上 QQ，没有比这个更着急的事情了。

一个人申请加我为好友，对方来源于学校的群，却没有显示姓名班级。

手顿了一顿，拒绝的念头一闪而过，最终还是按下了"同意"。

加成好友后，对话框跳了出来。

"你好，你叫什么名字啊。"

"黎玥。"

"哦，那你是女生吧。"

"是……"

"你是哪个班的？"

"三五五。"

"哦。你长什么样子啊，不知道我有没有见过你。"

"……"

"怎么不说话了？发张照片过来吧。互相认识一下。"

由于内心的防范意识，我没有发出去，只是说：

"不了吧，长得丑，吓死你。"

"发一张嘛，我想认识一下你。快点快点！"

耐不住他的请求，我还是发了一张和小小的合照。

"哪个是你？"

"左边的，可以了吧，我要学习了！"

"不错啊。你害怕什么？"

"啊？"

"你有什么害怕的？"

"怕黑，怕孤单。"

"那清白呢？"

"什么清白？看情况吧。"

"很好。"

没有了消息，我放下了手机，不再理那个人，也不再想这件事，就这么去写作业了。

良久，放下作业，拿起手机。

看到了半个小时前的信息：

"在吗？"

我迅速地回了一句：

"嗯。"

"给我看看。"

"看什么？"

"看你。"

我还是没有懂，大概脑子一根筋了吧。

"看我什么？"

"看你身子。"

我手一抖，心里咯噔一下，却还是回复到：

"不行。"

"呵呵……"

正当我颤抖着手准备删掉他时，消息又来了：

"先别删我。"

我停住了动作。

"就知道你不愿意，没关系，我可以毁你清白，假如你不愿意的话。"

我冷笑了一声：

"可把你牛坏了。"

"你可别忘了，我有你的名字班级和照片。我要是想干什么出格的事毁你清白，那可是轻而易举。"

我这下真的慌了，咽了一口唾沫，颤抖地把聊天记录截了图发到 QQ 空间里，一时间手足无措。

截图刚发出去，我就收到朋友们一条接一条的留言：

"还好吧？没事不怕他！"

"我已经帮你举报他了！"

"我也帮你举报了！"

"把坏人的 QQ 给我，我替你骂他！"

…………

手机铃响了起来，是林雨汐打来的。

"嘿！玥！没事没事！还有我在呢，还有我们大家都陪着你，不行就告他！别慌啊，还有老金，没事大宝贝！"

刚放下手机，小小的电话也打来了：

"玥玥没事，我加了他 QQ，骂了他一顿，我还威胁他了呢！我就说我爸是警察，他要是敢对你干什么，他就等着坐牢吧！哼！"

凝阳发来一条短信：

"明天老样子，在你家楼下等你，别自己走，我带程晨一起。别担心，有我呢，早早睡觉，一觉起来就没事了。"

我瞬间感动得眼泪喷涌而出，是啊，我有你们，我怕什么？

陈曦发来消息：

"别担心了，他一个小孩子能做出什么？你也是，干吗随便告诉别人自己的姓名班级，你还发照片，可把你能耐的！"

细想一下，也确是我的问题，安全防范意识弱，都不了解对方的情况就随意跟陌生人聊天，真是活该啊！

有时候，生活就是如此的出人意料，也时常让你措手不及。

也许，这才叫真正的生活吧。

所幸最后并没有发生什么难以挽回的事情。

国庆假期结束后，马上就要迎来新的模拟考试。

语文老师推门而入，他身穿薄荷绿色的衬衣，浅棕色的牛仔长裤，配上一双阿迪高帮运动鞋，拥有俊逸的脸庞，帅气的侧颜，人称大一中的第一男神老师。

不知怎的，我和他，却总是拌嘴闹矛盾，大概是互相看着不顺眼吧。

讲台上，他扫视了一眼全班，转过身去，修长的手指抓起一支粉笔，在黑板上挥舞着写下了考前练习的作文题目：

《经历是美丽的》

我条件反射似地举起右手。

老师斜睨着眼，抿着嘴：

"黎玥，又怎么了？"

"老师老师，题材是啥？散文行吗？"

"行行行！你想怎么写就怎么写！"老师敷衍道。

陈曦同时条件反射似的举起右手：

"老师老师，可不可以不写记叙文啊，可不可以不写经历啊？"

"随便随便，你想怎么写怎么写，我不管你，到最后得分多少我也不管！"老师满脸嫌弃。

我又挺起腰板儿，大声说着：

"老师老师，可不可以不写经历？"

陈曦又叫着：

"老师老师，可不可以不写经历是美丽的？"

"喷……"老师满脸黑线。

全班哄堂大笑。

第一次风暴还是来了，模拟考试新题型的出其不意给所有初三学生敲了一次警钟，感觉自己初中三年白学了，什么都不会。

作文也不再像老师为我们练习的一样了，感觉一切都变了。

唯一不变的是骆一橙那个家伙，题目对他来说似乎跟平时一样简单。考试结束铃打响，他转过身，挑了挑眉，分明在向我嘚瑟。

我拖着疲惫的身子从考场中走出，凝阳在门口像是已经等了好久的样子。男生的脸庞俊俏却还有着些许稚嫩，双手插在裤兜，阳光灿烂地洒在他身上，这画面甚是美妙清新。

我瞄了他一眼，没有理他，继续向前走，低着头，瞅着自己的脚尖儿，带着忧伤和烦恼。

凝阳转过头来，皱起眉头，右脚向前跨一步，一把抓住了我的胳膊，我被猛地一拉，没站稳步子，身子朝左偏去，撞到他怀里。

我也皱起眉头，抬头瞥了他一眼，不说话。

"没长眼睛吗？没看见我等你这么久吗？"

见我还是不说话，他放开我，又猛地推了我一把：

"不就是个考试嘛，考都考完了，还纠结什么？每次成绩一发下来，我们几个当中就数你考得最高。"

"烦人！没看见人家不开心吗？你不会安慰人吗？讨厌死了啦！"

我用一口完全不标准的台湾腔打断了他的一长串"教育"。

北方的秋天总是来得那么早，那么突然，毫无征兆。秋风不温柔，大地一夜之间铺满金色枫叶。

尽管冷得直哆嗦，但心里还是莫名的暖。静静漫步在校园里，本想守住这一份静默，凝阳还是打破了：

"还要去找韩小小吗？"

"嗯，去吧。"

"她一定会和那个谁一起走的啊。"

"谁啊？"

"你懂的，嘿嘿……"

我狠狠打了他一拳，大喊道：

"懂什么懂？！又瞒我什么了？快点儿！快点儿说！"

"小小和安柠一啊。"

"你说什么？"

"他们俩在一起了。"

我突然愣住了，怎么会……他们两个……为什么我又什么都不知道，就像埋在记忆深处曾经的那一次……我又一次地对身边好友的秘密一无所知……

"是不是全世界的人都知道了，只有我不知道。"我似是在自言自语。

"大概全班同学都知道了吧，我以为你也知道的。"

凝阳的话给我当头一棒。

还能怎样，就当作，这，一切的一切，我都知道好了。

凝阳不再说话了，一把搂过我，我还是低着头：

"去找她吧。"

"玥玥！！你来啦啊！么么哒！"

小小像只野马欢快地跑过来，拥着我，一旁的安柠满脸黑线，无言地盯着我，眼神里仿佛有着杀气，他一把拉过小小，皱着眉头：

"注意点形象！"

"哼！你管我！"

"我不管你谁管你？听话！你是我的人！必须听我的！"

我撇着嘴斜眼瞧着她和他的"虐狗"行为。

四个人穿着校服，推着山地车，欢笑嬉闹着，漫步在校园外的小路上。此刻阳光静好，红枫叶纷纷扬扬地落下，沙沙响着，似乎在诉说着神秘的悄悄话。

我多想这一刻永远不要结束，我们就像这样，一直，一直，走下去。

天色渐渐暗下来，已到了回家要途经的那片施工地，没有路灯照明，眼前漆黑一团，若失明了般。

凝阳打开了光线微弱的车灯，把我拉到内侧，安柠一和小小走在我们前面。

安柠一突然看到了什么东西，迅速回头对我们指指前面地上的一团，凝阳的光打过去。

咦！狗屎！

韩小小却没有任何觉察，安柠一向我们打着手势，让我们不要说话，我憋着笑，果然是男朋友啊。

韩小小心不在焉地走着路，眼睛瞅着车把，似是思考着什么。

突然，她感到脚下似是踩到了一团软绵绵的东西，她愣了一下，尖叫了一声，低下头，想要看清楚那是什么。

可天太黑了，她看不清任何东西，小小大叫着：

"呐呐呐！凝阳你的那个，那叫什么来着！对！灯灯灯！你的灯往我这边打一下快点！"

"求我。"凝阳坏笑着。

"快点你！"

安柠一很生气，大吼一声：

"干什么呢？韩小小你可真够意思！遇到事儿不找你男朋友找那个不相干的人吗？去吧去吧，找他去！！"

小小顿了一下，沉默。

安柠一又吼了起来：

"凝阳傻子吗你！车灯照一下，让她看！让她看！"

凝阳无语地将灯晃过去。

若不是凝阳与安柠一关系铁，敢这样对凝阳说话，估计安柠一早就鼻青脸肿剩半条命了。

小小定睛一看，尖叫了一声：

"啊！狗……狗屎……咦！恶心！安柠……唔……"

安柠一放开山地车，一把抓住小小的胳膊，把她突然拉过来，两个人的唇挨上了。

我轻轻喷了一声，感觉到旁边凝阳的炽热的眼神，我假装自言自语，却很明显地说给凝阳听：

"喷，恶心，幸亏我没有男朋友。"

感觉到凝阳的眼神黯淡了下去，他转过头：

"嗯，咱们，先走？"说着，便自己推着自行车向前走，我别无选择，只好跟在他的身后。

一路上，仍是无言。

其实，凝阳，我也有点儿不确定，我对你，到底是什么样的感觉了。

"咳咳咳！恭喜大家的小一模考试圆满结束！"

老金站在讲台上神神秘秘地说着，双手背在身后，一袭墨绿色连衣长裙，一双恨天高踩在脚下，满脸微笑。

同学们有气无力地坐在凳子上，每个人的桌上都放着一大摞的辅导书，齐齐地发出一声：

"切——"

"切什么切！"老金边说着，边从背后拿出一张A4纸，抖动了几下，再次清了清嗓子：

"咳！这是我们这次一模的成绩，大家都说题难是吧，但是咱们班考得还不错嘛。前十名：第一名骆一橙，五百九十八分，第二名伊海，五百九十五分，第三名黎玥，五百八十八分……"

我的心咯噔了一下，虽然我自认为考得一般，但是因为题型古怪，大部分同学都没有展示出自己真正的水平实力，我大概是侥幸得到这样的名次的吧。

一旁的骆一橙双手抱着肩，靠着后桌，轻轻"哼"了一声，嘴角微微上扬了几下，很是微小的动作，却被我瞥见了，切！什么嘛！就你学习好啊！算了，就他学习好哎。

"我们班一共有八个同学进火箭班，每周二四晚自习上五楼去听讲，别忘记了，这次的成绩还不错，我们一定要继续努力，中考可是一场持久战……"

老金又开始了一场深刻又精彩的鸡汤呈现，我的耳朵渐渐屏蔽了老金的话，低头看着自己的物理卷子，是的，没错，就是五十八分，怎么会这么差，以后怎么办？

回到家中，躺在床上，被子蒙着头，千丝万缕涌上心头，终究还是哭了出来。

为什么物理会这样难，让我感觉自己好不争气，却无力改变什么。

哭到脑仁儿都痛了，可是，无用，只是一晚上的时间又浪费掉了。

不知不觉小二模考试即将结束，时间着实是个可怕的小精灵，毫不吝啬地踏步走着三百六十度，一圈又一圈，这一年就要进入倒计时了。

很快就到了一年中最期待的圣诞节。

街道上，大商场门前都摆上了大大的圣诞树，上面挂着五颜六色的小礼盒，晚上通了电，亮闪闪的，甚是浪漫。

凝阳和小小要搞大事情，想要三个人互送礼物，其实我不是不愿意，只是……

若只和小小互送礼物，那很棒，但现在本来我和凝阳已被推到了大家流言蜚语的漩涡中心，这种被误解的感觉太可怕了，我担心若是和凝阳互送礼物，同学们会不会对我们的关系指指点点？

尽管事态已如此，凝阳却依旧一副无所谓的模样，既然如此，那我也就只好劝自己不去担心了。

距圣诞节还有一天的时间，今天放学甩开凝阳和小小，悄悄为他们挑挑礼物吧。

还得熬过这节令人心烦的语文课。

"啪唧！"我抬头一看，陈曦的笔掉到了地上，她费劲地弯下腰，捡起她的笔，又是"啪唧"一声，她把笔敲在桌子上。

那支笔像是长了腿一样，又滚动了起来，陈曦的同桌想要制止它乱跑，手一碰，笔跑得更欢了。

"啪唧！"又掉到了地上，陈曦从桌子下面钻出来，皱着眉头："我的笔呢？刚刚捡起来我放桌子上了啊！"

我无奈地指指地板，她低头一瞅，叹了口气，大叫了一声：

"骆一橙！帮我捡一下笔！掉到你桌子下面了！"

骆一橙满脸嫌弃地捡起了笔，很用力地"啪唧"一声拍在我桌子上。

我急红了脸："你干吗？又不是我的笔！又不是我让你捡的！讨厌！"

骆一橙转过身子，两只眼睛直视着我，忽地凑到我面前，从牙缝里挤出来一句话：

"我说那是你的笔了吗？你跟我急什么啊？"

"我……"

我转过身子生着闷气，一赌气，把那支笔扔到了地上。

"啪唧！"一声，陈曦刚准备从我桌上拿笔的手僵住了，她两眼冒火，我无辜地看着她，却没注意到一片阴影向我们这边移动。

"黎玥啊，你们玩够了吗。"

我猛地一抬头，看见了语文老师的眼睛，和那张俊俏的脸，我张着嘴：

"老师，我……我那个……没玩……"

我皱着眉瞪着骆一橙和陈曦。

"我看你们好久了，上课说话，我不用寻找就知道是你。"

"我……"

我有苦说不出，那两个家伙居然还在偷笑，我特想把他们两个攥在手里，然后毅然决然地捏碎。

"这么爱历史啊！"

语文老师修长的手指下提起了我的历史五三，我藏在语文书下的历史五三！！

语文课嘛，就是闲不下来，做点题嘛，节省时间啊，时间就是海绵里的水啊，挤挤就有了呢。

然而……

今天是什么日子啊，平安夜啊，我为什么一点儿都没有感觉到平安呢？

我只得硬着头皮，厚着脸皮，抬起头，笑着说：

"可不嘛老师，我最爱学习历史了！"

老师满脸黑线，对着我笑了笑：

"是啊，我也喜欢历史，尤其是你的历史五三练习册，那你愿不愿意送我呢？我拿走咯！"

话音刚落，他就转身走向讲台，我睁大眼睛，哦！天呐！我的历史五三！！

我一句话不说，脸埋在手臂里，我只想静静。

终于等到了下课，我假装不经意地上讲台前去兜了一圈，老师笑着，抱着一沓书，里面夹着我的历史五三的一沓书，走出了教室，我摇了摇头，算了，今天肯定是要不回来了，还是先去挑礼物吧好不容易甩掉了粘人的凝阳，进入了离学校不远的小店。挑完礼物已是晚上八点，室外越来越冷了，身边一个人都没有，突然感到特别孤单，特别想有一个人陪，可还不是自己赶走了那个可以陪我的人吗！

平安夜，就这样一个人孤单地度过了吗？

铃儿响叮当的日子终于来了。

晨曦漫漫，凉意袭袭，雪花在空中飞舞飘零，带着一种杂乱的美感。

我推着自行车走着，抬头即是凝阳，男孩儿倚在自行车边上，凝视着远方，微微歪头，似是在发呆，察觉到有人走了过来，他慢慢转过头，迷人地轻轻一笑。

很自然地，我们走在了一起，许久以来，每天一起上学已经成为我们的习惯。

骑上自行车，迎面蹦跳来的雪花，总是遮住眼睛，几朵雪花粘在了睫毛上，晶莹得刚好，透亮得清纯，嘴里吐出来团团白气，萦萦绕绕，一朵雪花落在了舌尖上，凉丝丝的。

"Guess！我给你买了什么礼物？"凝阳磁性的声音传了过来。

"我怎么知道！"

"无聊，你猜一下嘛！"

"卖什么关子！快告诉我！"

"乖，去学校给你。"

我撇了撇嘴，假装不高兴地猛蹬了一下自行车，骑得飞快。

凝阳大喊着："等等我——"

很快他的一只手就搭在了我的胳膊上，他坏笑着：

"你还想甩下我？没门！"

我们一路这样嬉笑着，到了小小家楼下。

小小推着单车，拖着书包，校服乱糟糟地挂在身上，手中拿着两个袋子，还心不在焉地被地上的石头绊了一下：

"哎哟哟！玥……玥……玥玥！猜我给你带了什么？"

"怎么都来这一套，我不猜，不猜！"

"玥玥你太无趣了，无聊。"

"你俩一个德行哈。"

两个人同时大吼：

"谁和他（她）一个德行？！"

我无语地笑笑。

踏进校园，扑面而来的熟悉感让人踏实得很，三个人肩并肩走着，说说笑笑，打打闹闹，多想永远停留在那一刻。

走进班里，刚把书包放下，小小扭着屁股妖娆地走到我面前，神神秘秘地拿出一个小盒子，我紧盯着那个盒子，她轻轻打开。

盒子里是一个小世界，一片森林，一个书屋，两只小熊，一只站在一楼，一只站在二楼，书屋里的一切都特别清晰，小桌子小凳子，墙上的照片。

盒子只有巴掌大，小小如何做到的？

盒盖上写着：

In a dense forest, there is a mysterious castle, Xiaoxiao lives there.The castle is her secret base. She likes to watch the stars and explore the mysteries of the universe.She also likes to share her experiences with her friends.

小小不好意思地笑笑，捂着脸：

"玥，你也知道我的英语水平嘛，你大概懂什么意思就好了嘛！"

我笑容灿烂，小小，我不管你的英语水平是什么样的或是其他一切，我想你知道，我就是爱你，你永远都是我的闺蜜。

小小还递给我一封信，害羞地说：

"玥！你回家再看嘛，好不好——"

我挑挑眉：

"看心情！"

小小扭着身子，五官皱到了一起：

"不行！"

凝阳走了过来，递给我一个袋子，一直看着我的眼睛，我被看得心里发毛，扭头看向了别处：

"回家再拆。"

"嗯。"

我拿出一个大袋子，也开始发礼物，心里却痒痒的，迫不及待地想看那两个臭家伙给我的惊喜。

雨汐走过来，也递给我一个包装精致的盒子，同样地，她让我回家再拆。

熬过了一整天，回到家后，我迫不及待地拿出了所有的礼物。

我轻轻地打开小小交给我的信纸，满眼都是字，还有小小漂亮的插图。

玥老婆大人：

首先呢，当然是祝你——圣诞节快乐啦啦啦！

然后呐，尽管我们之间也经常有一些小小的不愉快，不过这些都是浮云啦，谁让咱俩感情深厚呐！

其实写这封信之前，我又看了一遍你以前给我写的那些贺卡，没错，我都留着，现在想想，时间过得真快啊。

一转眼，初三上半学期就要结束了，然后是寒假，初三下半学期，毕业典礼，中考，再就是，我不想面对的——毕业。

在最后的时光里，不愉快的都让它过去吧，把咱们美好的回忆都记住就好啦！

其实我一直不知道该怎么对你说，正好有这样一个机会，我可能毕业后就不上学了，你知道的，我的成绩上不了高中。

而你，一定会留在这里，留在最好的一中，然后实现你的梦想，开始新的生活。

和你一起的日子我真的很开心。不管以后何去何从，我永远都不会忘记你，你一定要永远开开心心的！

我永远爱你，谁也无法替代你在我心中的地位，遇见你是我这辈子最大的幸运！

你的韩小小

眼泪再也忍不住了，沁出眼眶，为什么？韩小小！你这个坏蛋！你就不能努力一点点，改变这一切吗？为什么？

我流着泪，眼睛模糊着，拿出凝阳的礼物，拆开。

一支红色的羽毛笔，粗细不同的五支笔头，一盒漂亮的墨水。

这是我好久好久之前，曾对凝阳说过的，特别喜欢的哈利·波特用的羽毛笔，没想到他一直记得。

又是一封信，又是一大张满满的字，读着他的信，我又哭了，他说：

"黎玥，你是我这个世界上最好的朋友，最重要的人。"

我感动无比，彻底大哭起来。我经常捉弄他，觉得好玩，觉得他傻，他笨。

可是，真正傻的，难道不正是我自己吗？

雨汐送我的礼物是一个龙猫模样的风铃，也附带有一封信，你们都这样用心地为我准备了这些惊喜，我真的感到自己既幸运又幸福。

雨汐的信里写道：

傻子玥：

嘿！就属你傻了，傻到那段时间难过成那样，最后还是原谅了我，那件事也怪我，如果当时真的能平心静气坐下来和你好好聊聊，我们的关系也不至于闹成那样。

这辈子能遇见你这样一个"傻子"，一定是我走了"狗屎运"哈哈！

能有你们真的特别特别开心，多希望我们永远能够像三年前刚入学时那样，永远有我们四个人组成的时代姐妹花。

你的笨汐

其实我喜欢圣诞节，不仅因为能够收到惊喜的礼物，更因为能够感受到友情的温暖。一辈子能有几个知己不易。

兜兜转转，走走停停。许多人本是人生的过客，却幻化成了生命中的常客。

三模考试也总算结束了，随之而来的是寒假，我却没有任何放松的时间，还要不停地补课。没想到我对这样的安排竟也很平静地接受了，一点都没有拒绝。

毕竟，为了中考还是不得不继续努力。

早上的物理课，感觉消耗了我一万个脑细胞。

发呆的那么一瞬间，我开始怀疑我是不是在做梦，眼前的一切都似乎虚幻得不真实。

回到奶奶家后，我拿起手机，窝在沙发上，戴上耳机，将声音放大，听着耳机里的音乐，感到生活也是挺美好的……

我却没有听到奶奶叫我好几次，让我帮着包饺子，也没有注意到家里的气氛越来越冷。

爸爸突然抄走了我的手机，我揪掉耳机，抬头疑惑地看着爸爸。

爸爸不由分说地训起了我：

"每天就捧着一个手机，什么都不干！马上中考了，你还学不学了？！我看你最后能考个多少分？"

我感到既委屈又愤怒，我每天学那么长时间，做了一早上的题，为什么就不能回家休息一会儿？为什么所有人总是逼着我不停学习？！就算现在我坐在书桌前，我也学不进去！！

我在心里默默地咆哮着，然而什么都没有说出口。

我的沉默不语让爸爸觉得我默认了自己不好好学习的事实，他又指着我吼着：

"从今以后没收你的手机！！你是不是早恋了？如果不是因为早恋怎么会这么沉迷于手机？"

我又开始了一场丰富的内心活动：

天呐！我一直以来都深信早恋会影响学习这样一个道理，对异性同学的过密交往也从来都是一概拒绝，为什么爸爸却不相信我呢？

爸爸见我又是沉默，毫无疑问地更加生气了，数落了我一中午，还没收了我的手机。

哎，我的生活怎么这么惨？

却也不得不接受现实继续学习，天呐！！

除夕夜，仍然做了五套中考题，没有春晚，没有倒计时，只有不停地刷题。

…………

和姐姐在咖啡厅坐了一整天，抿着咖啡，一小口一小口地咀嚼着巧克力松饼，脑子里却在胡思乱想着。第二天就要开学了，我却不知如何面对初中最后的一个学期，和四个月后的中考。

真希望时间能够放慢它的脚步。

 梦里寻梦

（一）

起点是心的重生，也是新的坚持。

再一次带着憧憬进入学校，还是旧景，却少了当初激动的心情，多了一丝惆怅。熟悉的陌生扑面而来，填满了我的世界。

还是那个教室，还没进去，就听到了吵闹声，眼前的一切似真似幻，时间飞逝，真的到了初中的最后一个学期了吗？

看戏终成梦中人。我该一直是那个梦中人？

陈曦慢慢踱步而来，挽着我的手：

"玥，半年后，我们还会在这里继续读高中。"

但愿能够如此。

一中是全市最好的学校，学霸比比皆是。初中就在这里就读的学生们谁不希望高中也能继续留在这里？

若一切都能够顺理成章地如愿以偿，那就不叫人生了。

照例和凝阳一起，骑着单车上学，并肩走向班里。

女生聚在一起叽叽喳喳谈论着假期的经历，我向那边走去，好朋友铭看见我，大喊着：

"黎玥！新学期欢迎你哦！寒假作业写了吗？嘻嘻！"

她坏笑着问我，明摆着认定我没有写作业嘛。

我很不屑地一字一句认真严肃地对她说：

"寒假作业啊——当然是——写了啊！"

她满脸惊讶，嘴张得仿佛塞得下一个苹果。

我大笑着补充了一句：

"才怪——！"

她指着我说不出话来，眉毛都竖了起来，好像浑身痛一样。

我停不住地笑，旁边的妹子们都你一言我一语叫了起来：

"黎玥怎么可能写寒假作业呐是吧！"

"没错没错！黎玥什么时候写过作业？开什么国际玩笑！"

"可不嘛！黎玥要是写作业，母猪都能上树了！"

"不对不对不对！不对！！黎玥就是猪啊！"

"啧！对对对！真理！"

"……"

我跺了跺脚，假装生气地说：

"我还在这里哎！你们真的好讨厌哎！"

小小从我身后蹦出来，突然拍了一下我的肩膀：

"在在在！你还在！这不就在这里嘛！猪猪就在这里啊！"

我嘟着嘴打了小小一下，又用夹杂着东北味儿的不纯正的台湾腔说道：

"你这旮沓孩子干啥玩意儿了啦！讨厌了啦！不喜欢你了啦！"

小小抱着我：

"玥你说啥呀，哎呀，玥你是不是又胖了呐，抱着好舒服！软绵绵的啊！"

我一把推开她：

"走开走开！黎玥已屏蔽韩小小一辈子！"

"不要啦！玥啊——"

就这么拌着嘴，吵着闹着坐在了自己的位置上，老金风风火火地走了进来。

"大家的假期过得怎么样啊？"

"好——"

老金满面春风，兴致盎然地问闹腾的我们。

"吃好喝好了吧？"

"对——"

"压岁钱呢？"

"没有——"

"噢！压岁钱被收是正常的，正常的啊！"

"不对！！"

"好了好了，知道大家都休息好了，但是我们要重新开始努力了，又是一个新的学期，新的开端，当然，是我们初中的最后一个学期。"

老金顿了一下。

"大家现在还小，以后就懂得现在我们五十七个人在一起的日子多么美好单纯。"

当时我不以为然地听着这话，直到很久以后我才真正体会到了这句话的真谛。

"我希望大家运用好最后这四个月，四个月完全追得上，往届好多学生都是最后四个月奋力拼搏追赶，最后考上一中二中的，特别棒，老师觉得你们也一定能行。希望大家一鼓作气，考出一个好成绩，别让自己留下遗憾！好了，我们把寒假作业拿出来收一下，讲讲卷子。"

教室中响起了翻箱倒柜地找作业的声音。

老金不满意地俯视我们，还是忍不住地教训起了我们：

"你们一个个的啊，都什么时候了，还不写作业？我觉得老师和父母都比你们着急吧！"

怪我坐得离讲台近，老金瞅着我说：

"黎玥，你说是吧？"

我装傻道：

"啊啊？"

"我看就你不着急吧？作业肯定没写吧？我可告诉你们啊，别以为你们以前不写作业连玩带学的考得不错，中考是一场持久战！谁笑到最后谁才是真正的胜利者……"

没等老金的长篇大论开始之前我就直截了当地打断了：

"老师！我刚刚在找卷子嘛！这不嘛！我写了作业啊！您说得对！就是嘛！你们那些没写作业的人啊，向我学习学习！真是的！"

老金无语地瞟了我一眼：

"行了，还跟你学！全跟你学坏是不是？！来看第一题，选什么？"

无人说话。

"都长嘴了吗？说话！每次讲题就没人说话了是不是？！！第一题选什么？"

铭喊了一句：

"嗯……D……"

"选什么？"

"D！"

老金三步两步走了过去，拿起一沓卷子，拍在了铭的头上，铭没有来得及躲开，她假装惨叫了一声，抱着头喊：

"老师！痛！"

"活该！学了多长时间了这道题你还选 D？选什么？"

我说了一声：

"选 A！"

老金拿着一沓卷子冲了过来，拍在了我的背上，我也装作被打疼了的样子，大喊了一句：

"哎哟妈耶！！"

"还叫！还叫！选什么？"

骆一橙说了一句：

"B。"

老金都不用挪步，直接一伸手，揪住了骆一橙的耳朵，拧了一下，骆一橙哀怨地看着老金，我忍不住大笑起来：

"哈哈哈哈哈！嘻嘻嘻！哈哈哈哈！被打了哈哈哈哈哈！"

骆一橙瞟了我一眼：

"好像你没被打似的！"

我做了个鬼脸，转过头去。

老金似是被气得要吐血，她生气地说：

"看看！这就是咱们班前三名的学生！看看！这还每天不好好学习！你们出去别说是我的学生！丢人！！"

只一片哄堂大笑。

"选 C，选 C！蒙都能蒙对！"

我没有蒙啊，所以不对啦。

开学第一天在这样的气氛中飞快地结束了，朦朦胧胧地，就像是做梦一样。

雪花漫漫，又是一场漫天雪白，听闻这是今年冬天最后一场雪，竟无限伤感。

不知从何时开始变得如此多愁善感。

跑操结束后，全身都暖和起来了，围着四百米操场四圈，够劲儿，还是一切为了中考，为了体测。

刚一脚迈进班里，还未站稳脚跟，顿感一丝凉意袭来，从后脖颈开始，钻到了头发根儿和脚趾尖，我杀猪似的号叫道：

"呃——啊！！"

身后传来阵阵大笑声，一浪高过一浪。

我感到无比气愤，猛地转过身：

"谁干的？！"

凡笑得上气不接下气：

"咯咯咯！嘻嘻嘻！舒服吗？"

我无语地看着凡：

"舒服舒服舒服！行了吧！"

我抖掉了衣服里的冰块，斜了凡一眼，又对着那群哈哈大笑的臭孩子们吼：

"笑什么笑？！笑什么笑？！我这种小身板儿！还怕你这点儿攻击？！"

他们你看看我，我看看你，都一齐冲向了我：

"冲啊！！上啊！！"

他们抓着我的手，往我衣服里塞冰块，这下可是真的透心凉，心飞扬了。

我们一起打着闹着，吵着笑着，像几个大儿童一样，天真烂漫。

直到老班瞪着眼疾步走来：

"干什么呢？干什么呢？知不知道还有几个月中考？知不知道你们现在在干什么？男生没个男生样儿！女生没个女生样儿！都给我坐好了！"

我们以迅雷不及掩耳之势飞到了自己的座位上，大气不敢出。

我的脸憋得通红，一抬头，刚好和老金对上了眼，老金直勾勾地盯着我：

"黎玥！又是你！能不能长点儿记性！我都不想再骂你了！多少次了啊？多少次了！

"萧凡！你还是个班长呢！你看看咱们班，像什么样子？！乱七八糟的！

"骆一橙！让你和黎玥坐同桌是为了给同学做榜样的！你看看你们两个！"

骆一橙猛地抬起头，放下手中的笔，不紧不慢地说：

"我没有加入黎玥幼稚可笑至极的游戏，我觉得丢人。"

我瞪了他一眼，张着嘴，皱着眉，全身上下都进行了细微又细微的反抗。

《致爱丽丝》响起，老金瞥了我一眼：

"适当的放松是好的，我也赞同，但别忘了，你们也都十五岁了，老大不小了，放在旧社会都生孩子了，还打雪仗，还叽哇乱叫——"

班里响起了小声的笑，我疑惑地看着老金，等着她说下一句话。

"叽哇乱叫——也不说带上我！我不比你们一个个儿的年轻吗？"

"切——"

"好了好了，上课了哈，我走了啊，不许再乱吵了哈！"

看着老金离开的身影，我不由自主地笑了，这才是我们真正的老班嘛，总是不按常理出牌，套路我们。

这么想着，语文老师进来了，我悄悄叹了口气。

又是语文，又是语文！

语文老师似是看见了我的不情愿，他站在讲台上说：

"有个别同学，不想听我的课可以不听，何必委屈自己呢是吧——黎玥？"

我装作什么都不知道的样子，一脸懵圈地看着他。

语文老师身穿一身浅灰色运动服，脚踩阿迪新款高帮鞋，他真的很帅，这个还是可以给予肯定的嘛。

他发下一套卷子，让我们先做着，他一会儿再讲解。

我用食指和拇指捏住一支笔，慢慢地慢慢地提起，笔晃悠着，我紧紧盯着，不敢乱动。

突然，坐在我身后的萧凡猛拍着我的肩：

"哎哎哎！黎玥！黎玥！你看你看！"

我的笔"咣叽"掉在了地上，手悬在半空不动，无奈地眯缝着眼笑着。

萧凡"扑哧"一声笑了：

"不好意思不好意思！你看，你转过来看！"

我猛地转过身去，伸手抓着她的衣领，扯着她的袖子，一字一句从牙缝里蹦出来：

"我——这——不是——转过来了吗？嗯？你要我怎样，要我怎样？！"

萧凡手里抱着一个白色水瓶，挣扎着甩开了我的手，充满爱意地抚摸着她的水瓶：

"看黎玥，这是我——儿子！萌不萌？"

我满脸嫌弃：

"萌，萌，萌！跟你长得一模一样！"

感到背后有凉意，我小心翼翼地转过身来，语文老师正用犀利的眼神瞪着我。

我挑挑眉，咧开嘴，开始不停地傻笑。

老师居高临下地看着我，一言不发，阳光刚好从窗帘缝钻进来，洒在他身上，大男孩儿俊朗的脸甚有魅力。

我抓抓头发，食指点着脑袋，傻笑着说：

"老……老师……哈哈……我错了……我不该上课说话哈哈……"

他依旧沉默，意味深长地摇摇头，两根手指轻轻点点我的桌子，转过身，离开。

我深吸一口气，手放在胸口上，可吓死我了。

不对，我吓什么啊？这种事我干得还少吗？

百无聊赖地坐在凳子上听着语文课，刚刚说话被老师发现，还是安分点儿吧。

对，安分点儿。

我几乎钻进了桌洞里，刨了好久，找到了一本封面鲜艳无比的书——《数学导学案》。

好了，这节课就做这个啦！

骆一橙在旁边"哎哟"了一声，我转过头，疑惑地看了他一眼，他说：

"我想上厕所。"

我"扑哧"一声，捂着嘴无情地嘲笑起他。

他皱着眉头看了我一眼，我不再大笑了，但仍有笑意地说：

"你去和老师说啊，多大的事儿嘛！"

他还是皱着眉，站了起来。

大家都在安静地做题，老师正埋头批作业，没有注意到他。

他悄无声息地走上了讲台，停在老师身旁：

"老师。"

老师猛地抬起头，瞥了他一眼，又把目光移回到眼前的那堆作业上，没有说话。

骆一橙尴尬地站在讲台上，直着身子，两只手在一起做着小动作。他扭头看向讲台下面，我们的目光对上了，我歪着头，挑挑眉，示意他大胆地跟老师说清楚他要干吗。

骆一橙叹了口气，又转过头去，对老师说：

"老师！"

他顿了一下，"老师我想上厕所"。

老师缓缓抬起头，意味深长地看了他一眼，说：

"现在上课，下课再说！"

骆一橙不甘心地盯着老师，老师用笔在空中挥了挥，让他回去。

他叹了口气，低着头走到座位上。

他愤愤地坐了下来，看着他滑稽的样子，我实在是忍不住又嘲笑起来。

他用胳膊肘戳了我一下，我没坐稳，被他一戳，失去了重心，急忙扶了一下桌子，桌子晃了一下，桌上的水瓶"咣叽"一声就掉到了地上。

这效果太强大，班里原本寂静无声，我的水瓶刚一与大地来个亲密接触，就听见齐刷刷抬头的声音，全班的目光都投向了我这边。

太尴尬了吧！

我"唰"地一下把头转向骆一橙，眼神里也带着责怪的意味，憋着笑，牙齿咬着下唇，皱着眉头。

好极了！所有人又齐刷刷地看向骆一橙，骆一橙无辜地看着这些围观群众。

我捂着嘴偷笑了起来。

"黎玥！你们有完没完？！自己写自己的！"

语文老师发话了，我连忙回答：

"完完完！完了！"

教室里响起一阵笑声，我也跟着放肆大笑起来。

骆一橙忽视了我的笑，他托着下巴：

"黎玥，几点下课？"

"还有十分钟！"

他眉毛扭在了一起，托着下巴的手向上移动起来，绝望地抓着头发。

我拿起笔，捂着嘴笑，假装写题，快活的像要扇着小翅膀儿飞起来。

老师站了起来，我抬起头，发现他满脸不高兴的表情，他摇摇头，我给了他一个嘴咧到耳根的"微笑"。

他无奈地叹了口气，说：

"来，咱们用这几分钟把题讲完了。"

他开始慢慢悠悠地讲题，每道题都还有拓展知识和小故事。

骆一橙听到了这个噩耗，如坐针毡地在凳子上扭着身子。

我看着他，感觉他身体里有个怪兽一样。十分钟，对他来说像是过了一个世纪。

《致爱丽丝》响了起来，骆一橙"噌"地弹了起来，正要迈步离开自己的位置。

语文老师似笑非笑地说：

"干吗呀，我还没讲完呢！来！就剩最后一道题了，两分钟咱们就讲完了啊！我说下课了嘛？！"

骆一橙只好瘫坐在了椅子上，他狰狞着，捂着肚子，嘴里不停地重复着，"哎呀，哎呀……"

相信全中国的学生应该都懂什么叫"两分钟"的讲课。

我同情地看着他，但还是笑了笑。

终于，老师讲完了题，骆一橙早已一副"万事俱备，只欠东风"的模样，他正准备站起，老师又开口了：

"今天我那边又没有收齐作业，怎么回事啊？要不查查吧，铭把作业抱过来。"

铭站了起来，老师又突然说：

"哎等等吧，等你们金老师查吧，我还没批完。"

他顿了一下，又说：

"那我叫几个人上来，说说上次的作文！"

他叫了五六个人到讲台上站着。

此刻的骆一橙，趴在桌子上绝望至极，眼神里满满都是对生活失去了希望和热情，好像被世界抛弃了。

我歪了歪嘴，可怜！

老师终于完成了一切工作，他轻松地说了一句：

"下课休息吧！"

骆一橙从凳子上蹦起来，冲到了门前，第一个走了出去。

还从未见过他这么滑稽的一面，原来冷血动物也会为生理需求所迫而现出原形啊。

语文老师和骆一橙，该是有毒吧！

我盯着教室的门发着呆，笑了起来。

终于等到周五，尽管六日还要马不停蹄地赶着补课，辗转于小城，但小城大事，也是爱小城爱得深沉，虽然不繁华，但很质朴很温馨。

背着双肩包去上学，哼着小曲儿，老远就看见了萧凡，帅气的短发，修长的身材，女生校服穿在她身上显得格格不入。

她低着头，专注地踢着地上的冰块。

我大喊了一声她的名字，她猛地抬起头，马上暖春要来了，阳光等不及了，先偷跑了出来，洒在萧凡脸上，令女孩儿显得无比可爱。

她踢着小冰块跑了过来，笑着说：

"一起啊！"

充满书香气的校园里，出现了两个背着沉重书包，穿着笨笨重重的红色棉服外套，却欢快地踢着冰块的女生，阳光十足，活力无限。

青春就是这样甜美而又简单。

依然是平淡无奇的一天。但，今天星期五！

坐到了椅子上，低头一瞄，看见了我杂乱不堪的桌洞，塞着一大坨的书，还有一堆零食。

我摇摇头，无限惆怅，算了吧，明天再整理吧。虽然昨天也是这么想的。

更令我心烦的是骆一橙和程晨。

《致爱丽丝》叮咚响起，这个音乐就是骆一橙和程晨开始整我的预备铃。

"哎哎哎，黎玥！"

果然，没多久，前桌程晨转过身来喊我，我假装没听见，很认真地看着黑板，做着笔记。

他猛地拍了一下我的桌子，我吓了一跳，手握拳用力捶在了我的桌子上，昂着头，用比他的还大的声音吼着：

"干吗？！"

同时给了他一个白眼。

"借我汉语词典用一下！"

我不耐烦地翻起了桌洞，找到了那本厚重的汉语词典，递给了他。

没过多久，骆一橙用他的手指点点我的桌子，我依旧没理他。

他又点了点，我瞅了他一眼，说：

"干吗？就你手指长？就你手白？就你手好看？"

他嘴一斜，邪魅地笑着：

"确实如此。"

说罢，还瞟了一眼我短短粗粗的手指。

"英汉词典。"

他好似命令我一样地说，我嫌弃地看了他一眼，这还是那个懋尿时候滑稽无助的骆一橙嘛？他为什么就不能对别人友好点儿呐？

我又翻了一会儿，找到了我的英汉词典。

是的，我在桌洞里放了两本贼厚贼大的字典，为了方便我查词，对，方便"我自己"！！

我"啪"的一声拍在了骆一橙桌子上，挑衅地歪着头瞅他。

他没有理会我，他的脸就好像假的，一点点表情变化都没有。

我气哼哼地跺了一下脚，他目视黑板，"哼"了一声。

我噘着嘴，伸手去拿我的英汉词典。

手指刚碰到词典，骆一橙想要按着字典，突然伸出的手却抓到了我的手，他猛地转头看向我，我眉毛动了动，感到时间静止了，世界只剩下我们两个。

不知怎的，心里颤了一下，只是一瞬，眼角瞟到阳光灿烂下，他修长的手指抓着我肉乎乎的手，说不清的感受杂七杂八涌了上来，此刻乱了阵脚。

僵持了几秒钟，我突然反应了过来，抽出了我的手，尴尬地咳嗽了几声，骆一橙放在字典上的手动了一动，翻开了字典。

看他没有什么反应，我也不担心了，抬头盯着黑板，继续听课。

讨厌的程晨没一会儿，又侧过脸，顶了一下我的桌子，我狂写笔记的手停了下来，无比生气地吼了一声：

"干吗呀？！"

老师的目光投了过来，我连忙对着老师傻笑了起来，老师的嫌弃写了满脸。

程晨又顶了一下我的桌子：

"借下圆规！快点！"

"自己拿！"

骆一橙很自觉地从我的笔袋里拿出了圆规，递给了程晨，又把手伸向了我的桌洞，我早已习以为常，身子往后撤了撤。

"剪刀。"

"……"

骆一橙今天出奇高冷，算了，他每天都高冷到像座万年冰山。

他娴熟的动作今天却有点迟疑，摸到剪刀后，他往外拿。

手不小心碰到了我的大腿，我感到很痒，却没有动，假装没有察觉的样子，他也没说什么。

其实，我不知道的是，那一刻，骆一橙的心，也颤了一下，虽然同样假装毫不在意地看向黑板，后半节课却没有听进去。

也许，我不知道的还有很多。

青春年少，尽管还是孩子，思绪却乱若毛线团。

否则，那就不叫青春了。

（二）

尽管已是三月份，天还是黑得早些，天空已经慢慢从天蓝色渐变到湖蓝色，随着时间的推移，大朵大朵软绵绵的云层层叠叠地堆在那片蓝色的画布上。

距离放学时间还有两节晚自习，此时程晨和雨汐早已准备好了一切，萧凡拎着书包跑了过来，凝阳早已抱着肩站在我凌乱的桌子前，注视着我手忙脚乱地整理东西。

一股脑儿的将书本塞进书包里，笔袋往里一扔，习惯性地将书包扔给凝阳，凝阳稳稳地接住了我沉重的书包，一只手拎着，待我拿起水瓶，我们五人如同脱缰野马，颠颠儿地跑到了教室门口。

程晨掩护着雨汐，探头小心翼翼地侦查了敌情，发现我方地盘安全，伸出两根手指一勾。

五人立刻疯狂地跑了起来，书包里的东西晃来晃去，发出响声，像是给我们加油。

终于跑到了食堂，我们把书包往桌上一扔，五只书包挨着，七倒八歪地躺在桌上。

我们在旁边一张桌子坐下了。

四周瞧瞧，五个脑袋转来转去，发现一切安全。

我打了个响指：

"Brilliant！"

我们喘着粗气，一个个笑开了花。

还有两节自习，太无聊了嘛！今天可是周五！！不放纵一下怎么行！再不疯狂我们就老了嘛！

我买了五盒真果粒，放在了餐桌上，程晨早已为大家发好了扑克牌。

不用说，当然是捉红三！

我们在桌上拍着扑克牌，大叫着，笑着，嚷着，开着玩笑。

很难想象，我们还有三个月的时间，就要走上中考考场。

这一刻我们很快乐，有最好的朋友在身边，有凉丝丝的酸奶，有惬意舒适的校园环境。

我们就这样不顾一切地欢笑着，直到——

我突然感到背后凉凉的，不太对劲，谨慎地一回头，发现语文老师那张脸正对着我，我一惊，从座位上跳了起来。

用我庞大的身躯挡住了身后桌上的扑克牌。

语文老师微笑着说：

"你们几个，干什么呢？"

"老……老师好，嘿嘿……"

我拿出了我的招牌式傻笑，老师没多说什么，叮嘱我们按时回家，就离开了。

我们几个深深呼出了一口气，目送他离开，五人一齐跳了起来，大喊：

"耶！"

不知为什么要喊，我们之间总是有好多莫名其妙的默契动作，但却都不知道为什么要这么做。

大概是因为，我们是朋友。

突然想到周五晚上还有物理补习课，我一拍桌子，连忙拎起包往外狂奔。

三月，北方的天气仍然寒冷，出门在外还要穿薄棉袄，春天的气息也感觉遥不可及，就像天上的星星，仿佛伸手就够得到，现实却印证了"仿佛"不过是个假象。

也就像人心吧！

尽管天气冷，但阻挡不了我一颗吃货的心。

下课铃刚响起，老师还未宣布下课，我就乐呵着从后门溜了出去，奔向我的天堂——食堂里的小卖部。

进去后，不用看，直接用我的小粗手指手舞足蹈地指着冰柜，大嚷着：

"奶奶啊不是，那个，阿姨！帮我拿一个香芋巧克力！对对对！就那根雪糕！谢谢阿姨！"

我接过雪糕，不用问价钱，直接将钱递给了阿姨，跑出了小卖部，迫不及待地拆开包装袋，拿出巧克力包裹着的香芋雪糕。

我两眼放光，伸出舌头，舔了一下，天呐！人间美味！怎么这么好吃！！

我优哉游哉地走到了班门口，与老师刚好碰上了面。

"黎玥！我说下课了吗？！每天就知道吃，就知道吃！"

我嘿嘿嘿地笑着，侧身走进了班里。

上课铃响了，老师很久没来，班里闹成了一锅粥。

突然班主任走进了教室，她大喊一声：

"干什么呢都？！还这么悠闲！知不知道马上中考了？！一点学习气氛都没有！我看你们一个个是不想上高中了！上课铃就是命令！上了三年学了，不知道上课是什么时候？！一个个的……"

老金开始了长篇大论。

我被吓得抓着雪糕棒不敢往嘴里送，胳膊肘挂在腿上，一动不动。

我不动，可是雪糕在动！眼睁睁地看着融化的巧克力滴在校服裤子上，却又不敢做什么。

骆一橙看着我，"哼"了一声，歪嘴笑了笑。

为什么每次我出洋相的时候都被他看见？

我狠狠瞪了他一眼，伸手拧了他腿上的肉，他却没任何反应，姐姐不跟你一般见识！

我该拿什么拯救我的校服裤子？只好不停地盼着放学。

有时候我的性格很执拗，总是为了鸡毛蒜皮的小事儿耿耿于怀，难为自己。

趁着老师转过去写字，我皱着眉头，咬牙切齿地小声对骆一橙说：

"你哼什么哼！"

"我哼你胖！"

"我胖关你什么事？我吃你家米啦？我吃你家面啦？"

"你昨天的作业又没写是吧？我就知道！"

他转移了话题，我还没说出反驳的话，前面的程晨就转过头坏笑着说：

"她什么时候写过作业？！"

骆一橙仍旧冷着脸看我的笑话，还不忘加上他标志性的"哼唧"声：

"哼。"

"她就没写过作业！"

"哼。"

"数学课代表带头不写作业，怪不得你收不齐作业！活该！"

"哼。"

"每天上课不听课！上数学你写语文，上语文你写英语，上英语你写化学，你还能做成什么？！"

"哼。"

"磨刀不误砍柴工，我们有些同学，不听课，以为自己什么都会，其实我说你什么都不会！"

"哼。"

程晨搬出了数学老师的口头禅，我抱着肩，就这么听着他们两个一唱一和。

原以为程晨会停下来，结果一发不可收拾。

"没有那金刚钻，就别揽那瓷器活！"

"哼。"

程晨即将张口，我抢先叫了起来：

"闭嘴闭嘴闭嘴！你一个大男人话怎么就那么多呢啊？雨汐还说

你是个什么霸道总裁，可算了吧，我一点儿没觉得你霸道，唠唠叨叨没完没了！"

我顿了一下，看到程晨被我说急了，想要还嘴，我完全不给他机会，接着来：

"程晨你好意思？！你什么时候写过作业？！你什么时候交过作业？班长大人带头不交作业！哼！你什么时候听过课？"

我转向骆一橙：

"还有你！骆一橙！你们两个有一节课是认真听下来的吗？！你们两个除了每天不停地找我借东西，嘲笑我，你们还干过什么？"

他们两个极不服气地看着我，我又嚷了起来：

"看什么看？没见过美女？也得亏我善良聪明大方可爱，否则谁受得了你们两个的嘴皮子和臭脾气？真是的！我怎么这么佩服我自己。"

他们两个表情扭曲，摇着头转了回去，假装听课。我靠着后面萧凡的桌子，一直嘟嚷着反击他们两个。

掐指算算，真的很快就要中考了，为什么一点紧张的感觉也没有，感觉比初一还悠闲？

（三）

"一中，你是白日的繁星。"

"一中2017年百日誓师大会现在——开始！"

时光匆匆，站在操场的绿草地上，看着挂在主席台上的红条幅上的大字"初三年级'搏百日 酬壮志 放飞梦想'励志誓师大会"，我百感交集。

一中，初三年纪，三十二个班，一千八百四十个人。

每个班都有一条风格独特的红条幅。我站在队伍的第一排，一手揪着条幅，一手拿着五星红旗，低头看看，黄色大字格外显眼，"三五五 百日冲刺战中考 一鼓作气创辉煌"。

耳边响起振奋人心的音乐，校园里充满了正能量和我们的激情活力。

直到面前场景模糊，该是泪水朦胧了双眼罢。

台上的主持人拿着话筒带领我们宣誓，耳边响起阵阵整齐的高喊：

"不畏挫折，勇往直前……明日之星我来做……努力拼搏，大胆向前……奋斗不息……"

我也卖力地喊着，挥着手中小小的国旗，剩下最后几句话，所有人都吼了起来：

"一中必胜！一中辉煌！一中必胜！！一中辉煌！！"

声音响彻整个校园，我们的奋斗之心也被激起。

站在操场上，有几瞬，感到只剩我一个人，掉着眼泪，我为自己是一个中国人骄傲，为自己是一个一中人自豪！

一中是全市最好的学校，也是省重点中学，学生的学习成绩卓越，连续多年保持全市升学率第一。高中在一中就读，那是全市几万初中生的共同愿望，可是只有四百人可以被录取。难度可见一斑。

回过神来，已经进入了下一个环节，每个班的班长扛着班旗，伴随着音乐，跑在偌大的操场上，带着我们的梦，奔向远方，那是光明和希望的彼岸。

周一的早晨有着温和的阳光，普照万物，柔柔软软，无声无息，也许是为了让我们更好地追寻自己的梦想。

不远处，小小走了过来：

"玥玥，合个影吧。"

回过神来才发现，我已经好久好久没有和小小一起散步闲逛了，自从运动会结束后，总是在雨汐这边的圈子里了，如今我们两人站在一起，竟感到些许尴尬。

我迟疑了一下，还是高兴地与她合了影。

在写有"通向成功之门"的条幅下，相机定格画面，一瞬成为永远，永远不会忘记的那时那刻。

人，真的是疏远一段时间后，关系就淡了吗？

中午八个人，女三男五，去了"有原麦"，吃着榴莲比萨和辣到心底里的酸辣粉，围着一张桌子，说说笑笑，打打闹闹，互相调侃着，从未想过这一切会成为三个月后再也回不去的记忆。

我们挤在一张小桌子上，桌上一片狼藉，堆满了食物和饮料。

小店装修得很有特色，白色的砖墙，复古的几张深棕桌子随意地摆在店里。白砖墙上挂着几张老照片，另一边贴着褪了色的明信片，下方摆了两排胶卷相机，再往下，摆着几款老款的诺基亚手机，旁边是一个看似来自二战时期的绿军盔。白色吧台上堆放着几本心灵鸡汤类的书，整个小店是我甚为喜欢的设计风格。

最美妙的是，在白砖墙上，是用马克笔写了满满一墙的字，字体各不相同，有的飘逸洒脱，有的小巧可爱，有的是名字，有的是寥寥几句留言。

林雨汐见我看得出神，打开双肩包，从中拿出一支马克笔，在空砖上留下四个字——汐玥凡萌。

是我们了，当初的时代姐妹花。

但其实，我们何尝不懂，"时代姐妹花"终究也该是分家了，缘分到这里，也结束了。

如花美眷，似水流年，如今却已物是人非一场空。

我们都是那么的相似，倔强却温暖。

每段青春都终会苍老，愿记忆里的你们一直安好。

汐又找了一块空砖，踮着脚尖，仰着头，抬起右手，努力往那块高高的砖上写下：

林雨汐 ❤ 程晨 2017.3.13

我默默看着，笑了一下，感到有人一直在盯着我看，是凝阳，我转过头直视着他，他连忙扭头去和程晨说话，假装什么都没发生。

我也假装，什么都没有看到。

店主阿姨走了过来，笑眯眯地问我们：

"小朋友们，可以给你们拍一张照片吗？青春真好啊！"

我们一口答应，举着手中的比萨，满嘴食物，就这样，快门按下，又成为一场回不去的记忆了。

一中午的时光也就这么逝去，我和雨汐拿着巧克力冰激凌，一起慢慢地，走进了校园。

百日誓师的下午不用上课，老金在班上播放了一段视频，里面记录着我们三年生活的点滴，老金一定是上天赐予我的天使，尽管脾气暴了点儿，但在我们心里永远都那么的完美。

配着伤感的音乐，终究催哭了班里大多数的同学，大概是自己的心性不够柔软罢，我竟没有想哭的情绪，呆呆地坐在那里，只是看着。

骆一橙和程晨也是，我们被称为"吵吵铁三角"，三个人静静地坐着，看着周围的人哭成了泪人，是我们的心肠很硬吗？

程晨疑惑满满，头转过来转过去，拨浪鼓似的，担忧地看看流泪的雨汐，唇语安慰着雨汐，这时候还不忘说上我一句：

"心肠硬的老女人！是女生都哭了，你的性别肯定不是女！"

骆一橙不忘配上他的标志性语言：

"哼。"

我双手抱肩，脚一伸，伸到了程晨的座位下面，不屑地瞅瞅程晨，又不忘回敬骆一橙一个充满感情色彩的"哼"。

老金将我们班的红色条幅铺在地面上，给了我们一盒马克笔。

到了签名的时候了。

所有同学趴在地上，手里拿着马克笔，在条幅上挥挥洒洒写下大名。

我写完后起身绕了一圈，回来后，定睛细看，我的名字旁是凝阳的名字，还被人用笔连了线，画了一颗心，再往旁边看，林雨汐和程晨的名字也一样。

有些吃惊和不高兴，我抬头想要寻找是谁做的这些，却被凝阳挡住了，我推了他一把：

"别挡我！你看看咱们两个的名字！谁干的？！我找出来！"

"就这样吧。写都写了。"

凝阳一副早就知道且无所谓的样子，此刻我很生气，看他那样，也很觉得奇怪，既然他说算了，那就算了吧。

我扭头走向雨汐，胳膊却突然被人抓住，我一扭头，凝阳连忙放手，语无伦次地说：

"你……嗯……你不高兴？"

"还好。"

我离开了，但感到背后有一个目光一直追随着我，我狠狠地摇摇头，好烦哟！大家都是怎么了啊？

自己一人走出沸腾的班级。

我低着头，盯着鞋尖走路，没有注意到前面有一个人，站在那里，一动不动地看着我，而我却一直向前走。

猛地，撞到了那人的怀里，他没动，我被吓到了，也没动，僵持了一会儿，理智还是决定自己先推开对方。

站稳了脚，抬头一看，大吃一惊，骆一橙！我不受控制地向后跟跄了几步，慌乱中踩到了松开的鞋带，绊到了，即将向后倒下的时候，一只强有力的手臂拉住了我。

他抓着我的手臂，一把拉了起来，我连忙站稳，抬头仰视着他的眼睛，他也低头俯视着我。

在刚抽出新芽的叶子旁，在第一场春雨绵绵延延敲打着的灰色砖地上，在喧哗的教室外，在温馨的校园里，在这个小小的世界里。

雨点打湿了我的头发，还有他的头发，谁也没有开口，此刻我却感到很踏实，很温暖。

他伸出双手，遮在我的头顶上，微微笑了。

很少见到他微笑，每次都是嘲笑，但，这一次，他笑起来的样子，好迷人。

时间一分一秒流过，从他为我遮雨的指缝中，逝过，逝过。

也不知道后来是如何结束这一切的，大脑就像开启了选择性记忆一般，记得的只有他的微笑，却怎么也想不起我们后来是如何回到教室去的。

我当时更不知道的是，凝阳一直在我身后，躲在角落里，默默看着我，目光渐渐黯淡下去。

我不知道的事有着成千上万，也许，这也是我简简单单的原因。

回到家中，打开微信，看到好友申请消息，感到一丝丝的奇怪，我的微信好友只有家人和老师，还有雨汐和小小。

带着好奇点开了好友申请的内容，竟然是他——骆一橙。

他是如何找到我的微信号的？我吃下一块苹果，躺在床上，闭上眼睛，想了想，睁开眼睛，盯着手机屏幕，还是点下了"同意"。

没想到，这个"同意"，成为后来，一切故事的开端。

每天上课哼歌似乎成了我和萧凡的必做之事了，于是乎，在雨汐和程晨的大力"支持"下，我们组成了一个组合，每天唱着《大河向东流》和《小毛驴》，把全班同学烦到见了我们两个就拔腿落魄而逃，我大笑着说：

"一定是被我们美妙的歌喉征服啦！哈哈哈！"

"对对对，没毛病！"

凡极度赞同地附和着我。

程晨转过头来：

"要命！"

"要命你别听啊！"

我对着他咆哮了起来，他不满地转向骆一橙：

"骆一橙！你怎么不说话了？！你不嫌她们两个人烦吗？"

骆一橙笑笑，看向我，听我继续哼唱着，这次换了一首曲子，改成了我自创的小曲儿，他对程晨说：

"你就听着吧，这不，出新专辑了。"

程晨皱着眉头，叹了一口气，转了回去，我继续满意地哼歌。

一边哼歌，一边听着数学老师的滔滔不绝，意识到有什么不对劲的地方，因为我看到好多人在捂着嘴窃笑，还对着我指指点点，我疑惑地回过头去，发现他们又假装很严肃很认真的样子听课，凭着女人的第六感，绝对没好事！

我假装继续哼歌，但用余光一直默默观察着身边的这群臭孩子们，绝对跟他们有关！

不久，我的余光扫到骆一橙将凳子慢慢地向后移动，身子靠在了后桌上，用余光是看不到了，只能靠我的听觉和感觉了。

果然，听到骆一橙和萧凡叽叽咕咕不知道在说什么，还有后面的好多人的偷笑，大致是萧凡不让骆一橙干什么事，骆一橙非要干，我静静等待着"凶手"的出现。

突然，我感到后背被人用手指点了一下，只是轻轻地一下，我恍然大悟，一定是给我贴了什么纸条！

我假装仍然认真听讲，等骆一橙笑够了，将凳子移回来，我默默地一句话不说，手伸到背后骆一橙刚刚点的地方一摸，果真有东西。

默默扯下身后的纸条，拿到眼前，仔细一看，上面写着：

"封印解除"。

旁边还画满了各种古怪的字符，我白了骆一橙和萧凡一眼，假装生气地坐在那里。

骆一橙不仅不道歉，还挑衅地说：

"行啦，别装了。"

本来想演一会儿就恢复原形，听了他这话，我顿时"戏精"上身，决定一直演下去，把不开心演到底！

余光瞟到他的脸色变了一点，我把头埋在胳膊里，一动不动。

他真的慌了，靠近我身边说：

"还……好吗？"

我依旧不动，一句话不说。

他的手伸到下面，推了推我的大腿，趴到我耳边说：

"黎玥……"

天呐！太痒了吧！不行不行！我得忍住！

"黎玥，不开心吗？"

"咯咯咯咯咯……"我颤了起来，实在忍不住了！痒死啦！

我猛地抬起头，没想到眼睛刚好正对着骆一橙的双眼，我们离得很近很近，鼻尖与鼻尖之间只有不到一厘米的距离。

大脑突然一片空白，我赶紧收回头，投入到学习中，心脏却仿佛七上八下地咚咚直响。

总算等到放学，我匆匆忙忙地站起来，想要收拾东西走人，骆一橙也在收拾东西，我站着，他坐着。

想想今天又没有认真听课，一直在玩儿，在说话，又是满满的负罪感，我低着头，思索着人生，为什么我总是生活在负罪感之中呢？

雨汐朝我走过来，催促我快收拾书包，我不耐烦地皱着眉头，嘟囔了一句：

"知道了！每天催催催。"

她有一丝吃惊，眼里闪过些许失落，我发现了，却当作没有看见，只是感觉好心烦，好累。但不知道为了什么。

回到家中，爸爸妈妈忙碌的身影在我眼前晃着，不忍再看，转过头去，想哭，却依旧忍着。

这个世界总是让我无法驾驭，所有的事情似乎总是事与愿违。

进了房间，眼泪还是流了下来，就让它肆意流淌吧，心里的波涛汹涌请你都冲刷走吧。

爸爸进了房间里，看着我抽泣，也猜出了几分：

"如果学习太累的话，就适当休息休息，不用那么要强，爸爸觉得你已经很棒了，不用非要考多少分，尽力就好。爸爸一直以你为骄傲，爸爸妈妈都没有多少文化，你一个人每天关在房间里学习，从来都不用大人操心，成绩还这么好，爸爸妈妈已经很满足了，不就是一个中考嘛，小小的考试怎么打得倒我们家的黎玥？！不想学习的话，我们今天就不学了，去玩一会儿手机呢，还是看看你们都喜欢的言情电视剧呢，去吧，自己安排安排！放松放松！"

爸爸轻轻地关上了门，出去了。

爸爸怎么会知道，我哭泣的原因是源于对自己的自责，他们以为我在认真学习的时候，我却常常是在荒度时光。

会不会每个人的十五岁都是这样呢？这样的捉摸不透，这样的情绪不稳，这样的伤感自责？

趴在床上哭了好久好久，也不知何时，手机响起了熟悉的提示音，伸手去摸手机，提示框里是雨汐发来的一条微信：

"还好吗？"

我坐起身来，呆呆地点开对话框，没有回答她的问题，只是说：

"是不是，你和我在一起玩感觉很压抑？"

发完这句话后，我把手机扔到一边，不再理会，只想一个人安静地坐着，就像坐在这世界的中央，就像坐在太平洋的海底，就像坐在珠穆朗玛峰的云雾缭绕里。

新的一天，我情绪低落地走进了班里，刚进去，就看见萧凡和林雨汐在冲着我嘀嘀咕咕，我装作没有看见，闺蜜都这样了，这个世界本来就不爱我。

我刚回到我的座位上，屁股还没坐稳，便看见萧凡和林雨汐站在了讲台上，好像在等谁。凝阳把我的书包递给了我，悄悄对我说：

"怎么了今天，路上就见你不说话，萧凡和林雨汐又惹你了？你们女生哟，可真是让人琢磨不透，啧啧……"

我白了他一眼，不理他。

骆一橙不知何时进了班里，听到他和凝阳不知在为什么而争吵，凝阳一直在喋喋不休，但很少听得见骆一橙的声音，我一只手托着脑袋，看着他们两个谁也不让谁的样子，都是死要面子，不肯让步，都一起生活三年了，至于嘛。我摇摇头。

骆一橙在我旁边坐了下来，讲台上的班长萧凡突然清了清嗓子，吵闹的班级安静了下来。

萧凡和雨汐嬉皮笑脸地站在讲台上，萧凡喊了一句：

"我们是——"

她们两个同时伸出手，五指并拢，指向我和骆一橙，喊道：

"黎玥和骆一橙的官方后援团！"

我吃了一惊，疑惑地看着讲台上的二人。

一遍不够，她们两个再来一次：

"我们是——黎玥和骆一橙的官方后援团！"

太无聊了吧！我撇撇嘴，这种话谁会信呢，她们两个开心就让她们玩吧。

这次我又大错特错了。

全班沸腾了，大家七嘴八舌你一言我一语地拥了过来，几乎想用唾沫星子淹没我和骆一橙：

"早就觉得你俩不简单！果然啊！"

"黎玥，厉害了啊，是吧！"

"又一对又一对！恭喜恭喜！"

"早生贵子！不客气不客气！"

"……"

这都什么跟什么啊，我扶着额头，深深叹了口气，这下子坏了。

林雨汐凑到我面前说：

"你以为我们什么都看不见吗？是你傻，还是以为我们瞎？"

我义正词严地纠正她：

"你看见什么啦？你能看见什么？我俩真的没有关系！"

"我帮你有关系！"

林雨汐冲着我眨眨眼。

天呐，上帝！把我这两个没用的闺蜜带走吧！好头疼！

凝阳从我面前走过，张了张嘴，却没有说出什么来，看着他落寞离开的身影，我已经不知所措了。

骆一橙"腾"地站起身来，一脸高冷，动了动嘴唇：

"行了，上课吧。"

骆一橙的威信有时也是大过班长的。

骆一橙，他是什么人？全校的神话，女生心中的白马王子，学校的高冷学霸，老师的得意门生。

我和他，开什么国际玩笑？

既然已经被误会了，那我也只能采取我的 A 计划了——换位子。

然而，不凑巧的是，我一直是个笑话一样的存在。

"换位……不换……换位……不换……"

早早来到学校，托着下巴开始思考，我到底要不要换座位。

"黎玥，你想想看，换座位的话，你就可以认真专心地学习了，就不会被同学说闲话了对不对？"

"可是马上就中考了，换座位还有必要吗？还不如就坐在这里安心地学习。"

内心的两种声音正在做着激烈的讨论时，程晨左手拎着书包，一副痞子样地走了过来，完全不像个班长的样子，像是个不良青年，如果雨汐看到他这副模样，十有八九不要他了，毕竟他在雨汐的心里是霸道总裁一样的存在。

程晨一把将书包甩在桌上，站在我面前，手插在裤兜里，俯视着看我，我眼睛向上瞟，与他的目光对上，男孩的脸很精致，仰视也十足地潇洒帅气，长相颇有味道。

对视了一会儿，他不屑地坏笑了一下，说：

"换座位？嗯？换吧换吧！你赶紧走吧！每天闹哄哄的，你那大嗓门子一说话，整幢教学楼都听得见。"

我瞪大眼睛，托着下巴的手拍在了桌子上，抬起头瞪着他，气愤地吼了起来：

"啥？你说啥？！我怎么就闹哄哄的了？我声音也不大啊！我这么淑女的一个人都被你说坏了！"

耳边响起了熟悉的低沉有磁性的声音：

"声音够小的，在走廊就听见了，想都不用想就知道是你。"

我转头一瞧，果真是骆一橙，他一脚跨进教室里，一边走着，一边说着，一只书包带随意搭在肩上，发型极为可笑，该是昨晚睡觉留下的痕迹吧。

我愤怒地盯着他，他却一副无所谓的样子，把书包扔在了桌子上，转过身来，靠在自己的桌子上，一只手支撑在桌上，另一只手伸了过来，落在了我仰视着他的头顶上，他抓了抓我的头发，像是摸小狗一般，我一把拍掉了他的手，摇了摇头，瞪着他。

他笑着说：

"换位置？换吧换吧，最适合你的位置知道是哪里吗？"

本想打他，但是看他这么认真地给我出谋划策，我沉住气，摆出一副洗耳恭听的模样。

他也没有看我愿不愿意听，头转向了窗外，两手插在裤兜里，我看着他的侧颜，冷峻精致。竟有一刻，我有一丝想要了解他到底是什么样性格的好奇。一种奇怪的，说不清道不明的感觉涌了上来。

或许，我已经找到了，我不愿换座位的真正原因罢。

只是，内心深处不愿承认。

他挑挑眉毛，站起身来，不再靠着桌子，在我的身旁直直地站着，目光一直停留在窗外。

我一直仰着头看着他。

他弯下腰来，一只手伸出来指着窗外，嘴凑到我的耳边说：

"那边！外面的小石凳子适合你坐。"

我瞬时变了脸，怒气冲冲地瞪着他，他却笑得像个孩子，程晨转过头来，捂着嘴窃笑，还不停地踢着我的桌子，我看着桌子一摇一晃，听着身边两个人的笑声，压制着心中的怒火，手放在桌子上，微笑着说：

"It's OK. It's OK！"

程晨继续笑着，骆一橙坐了下来，"哼"了一声。

我没有理会他们两个，打开英语书，准备开始晨读。

老金走进了教室，大家都安静了下来，趁其他人不注意，我还是扭头看了看窗外。

窗外的小石凳静静地待在那里，它一动不动，在书香校园之中静谧地立着。幽幽微风裹挟着春的气息，零星的树叶沙沙细语。

两边的小树苗抽出了新叶，绿色中还星星点点夹杂着几点斑斓，虽没有姹紫嫣红，却有一分春日的清新淡雅。几只喜鹊落在枝头，羽毛的色彩给这幅画面增加了更多灵动。

这样美好的自然景象，让我竟然也很想就坐在那小石凳上备战中考。

回过神来，看着金老师在讲台上眉飞色舞，余光扫到同学们都在努力苦学，还是决定，换位吧。

为了未来。

四个字，很轻，也很重。

老班刚开始还不愿意帮我换座位，看我执意想走，于是让我与安柠一成为同桌，从有骆一橙的第二排，坐到了有安柠一的第一排。

初中最后一任同桌，本是骆一橙。最终，也变为了安柠一。

诗 与 远 方

（一）

混沌的状态持续了好久。

其实，我一直都陷在混沌的世界里。

早有计划大学想出国留学，而高中只在本地上，并且一直都以为会继续在一中读高中，但，一切都是变化的。

我一直不知道，爸爸妈妈已经暗自决定让我去天津读国际高中了。

今天是四月八日，周六。天气晴朗，微风徐徐，云朵潇洒，蓝天暖阳，爸爸开着车，一家人飞驰在去往天津的高速公路上，带我去参加机考和面试。

我凝视着窗外，路旁的树木飞逝而过，远处连绵的山若隐若现，高速的行驶让我有种虚幻缥缈的感觉。

打开手机，已经好久没有读取信息了，为了中考，尽管在学校仍是吊儿郎当的样子，但在家中还是下定决心，抛开手机，投入书海。

看到冰冷的屏幕上有许多的祝福，朋友们知道了我要去参加面试，都祝福我一切顺利，让我倍感温暖。

微信图标上显示有十七条新信息，有些惊讶，我微信里没有几个朋友，且就算有好友，也很少会收到信息，和朋友之间还是用 QQ 联系得比较多。

点开了微信，是骆一橙发来的十七条信息。

打开我们的聊天记录，他每天都给我发了消息，全都是问我作业或者上课内容的。

放下手机，再次扭头看向窗外，戴着耳机，播放着泰勒的歌，不去想明天的考试，也不去考虑其他任何烦心事，世界太复杂，我只想蜷缩在自己的小小角落里，就这样简简单单地睡一觉。

一眨眼，已到了学校的门口，恍惚匆忙间瞥了一眼，一股扑面而来的陌生压抑让我深感别扭。

上午的机考和笔试，下午的面试，全程英文，小城出身的我不像大城市的孩子们外教和各种英文课外活动那么熟悉，稀里糊涂地结束了一切，就好像做了一场梦，梦中我去了天津，参加了考试。周日傍晚，在黑漆漆一片中又回到了我深爱的温暖的小城。

这里的人操着一口亲切的方言，夜晚在小广场上跳着各式各样的广场舞，街头上的叫卖声一浪高过一浪，从高层的窗户向下望去，各种颜色的光交织在一起，老人坐在小花园中，围在一起下棋，谈论着张家长李家短。虽然有时也会感到很吵闹，但就是喜欢这样像一家人一样热情淳朴的小城市民。

回到家中的我疲惫不堪，手机提示音又响了起来，拿到面前，亮起的屏幕上是来自骆一橙的消息：

"考试考得怎样？"

我想了想：

"还好。"

然后就这样一问一答地聊了好多，突然感觉向一个人讲述出自己忙碌得似梦一样的周末，就像吐出了卡在喉咙中的一块巨石。

无可置疑的是，他平时总是令我讨厌心烦，却又不可否定他对于我的重要性。此刻的他就像是我的心灵垃圾桶。

我装作无意地问他：

"你也会去天津那所国际学校读书吗？"

感到他那边迟疑了一会儿，过了两三分钟，他说：

"不，我不去。"

我竟有些失落。

花季雨季的少女心真的不好猜，连我自己都说不清为什么有时候的想法是如此可笑，令人费解。

骆一橙也没有再发送消息，我摇摇头，放下手机，去洗漱了。

刷着牙，泡沫粘了满嘴，脑子里乱七八糟地想着好多事情，思绪从一个地方很快又跨越到另一个地方，脑仁都痛了起来。

洗漱完毕后，"哧溜"一下钻进被窝里，刚打开手机，骆一橙的消息来了：

"换完座位感觉怎么样？我们组成了全班最安静的组了。"

我不由自主地笑了，回他了一个"无语"的表情，笑着打字：

"哼！还是原来的好！现在坐在那里好无聊呢。"

"哈哈！你口才那么好，不把你们那组带动带动吗？我们这边上课沉默到不行。"

我发了一个"大笑"的表情，放下了手机，关了灯。

黑暗中，我笑了，笑得很甜。

骆一橙，你这个外冷内热的人啊，有时候其实很暖。

周一，走进一中校园，感到周末的压抑得到了释放，还是这里的一草一木更适合我。

从清晨开始，许许多多的同学老师就开始询问我考试的过程和结果，大家围在我的身边，挤成一团，若是有选择，我会毫不犹豫地留在这里继续，继续我们的小小时代，小小生活。

周末的作业因考试的耽误，又没有完成，正坐在自己的位置上愁眉苦脸着，骆一橙走了过来，手敲了敲我的桌子，俯下身说：

"没写作业吧？我就知道。"

我把充满期待的小眼神投向他，他怎么这么像一个天使啊，居然要帮我写作业。

我傻笑着，他不满地看着我：

"我就这么好笑吗？没写作业就没写吧，反正你平常也从来不写作业！"

我脸色剧变，一拳打在他的身上，指着一旁，大喊：

"你走，你走！别过来！别和我讲话！"

他还没有起身离开，我的耳边就响起了那熟悉的欠揍的声音：

"我们是——黎玥和骆一橙的——官方后援团！！"

我拍着脑门，怎么把林雨汐和萧凡忘记了，我这两个亲闺蜜哟！

没等骆一橙离开，我率先一步跑出了门外，身后是萧凡的起哄声：

"骆一橙！怎么还不追？看看！黎玥都跑了！哟哟哟！别害羞啊——"

真是奇怪，老班怎么会选萧凡当班长的？简直就是班长界的一大奇葩。

我跑到了小石凳那边，坐在凳子上，听着耳边微风的柔声细语，嗅着清新的花草香味，头脑总算清醒点了。

直到有人从后面搂住了我，我一转头，是陈曦。

两人静静地坐了一会，她先开口了：

"我相信你们俩之间没什么的。"

我笑着点点头。

陈曦说：

"去看看 QQ 空间，昨晚你没有上线吧。"

说罢，她起身离开了。

我连忙拿出手机，打开了 QQ 空间，有一封 @ 给我的信，是陈曦发来的。

陈曦这样一个文艺的女孩儿，和我志趣相投，我们都喜欢散文，都有些多愁善感的，她虽没有眉清目秀的长相，却有着文雅安静的气质，这也是性格疯癫的我喜欢与她做闺蜜的原因，有时，我需要在波涛汹涌后的风平浪静。

我也站起身来，离开了小石凳，独自在校园漫步，靠在一棵郁郁葱葱的树上，在静谧之中，开始阅读陈曦写给我的那封信。

致这个世界上最好的黎玥：

你知道吗？这封信承载了我对你最真挚的感情，所以请认真读下去。

咱们认识已经有三年了呢，三年的时间说长也不长，在这份注定一辈子的友谊里显得太过渺小；说短也不短，在这段人生中最美好最可爱的年华里，我们的相见相知相识相守显得格外珍贵。

还记得我们的初见吗？在琉璃般的光影中，两个女孩，成为同桌，然后互称闺蜜、知己。她们携手走过这偌大校园里的每一个角落，她们在每个老师的课上插科打诨、笑作一团，她们互相陪伴，背对背着取暖，都用尽了青春中最干净最纯粹的力量去爱着对方。

她们也吵过闹过哭过彼此误会过，但从来没有疏远过走散过，你有很多不可爱的地方，但我还是喜欢啊，我喜欢这个完整的你，有血有肉的你，无论优秀还是落魄。你也不像表面那么坚强乐观，你只是把你的脆弱与负能量藏了起来，向别人展现出一个小太阳般灿烂的你。但你也会有喜有悲，那么就让我成为你的心灵垃圾桶好了，成为你的深夜信箱，倾听你的心事。

谢谢你给了我一段这么美好的青春。我从来不后悔遇见你，遇见这个虽然经常嘲笑我，但是在我跑步坚持不下去的时候一直鼓励我的你；遇见这个很爱吃，然后每天让我可以有机会跟着你蹭吃蹭喝的你；遇见这个会很用心地帮我准备生日礼物的你；遇见这个在我矫情时一直安慰我开导我的你；遇见这个，从来都不完美却一直在我心中最优秀的你。

余生还长，请继续多多关照。

信到这里结束了。我也哭了。

你们总是给我意想不到的，意料之外的惊喜。

世界太忙碌了，时间太匆促了。我无法抓住奔跑的一切，也无法抱紧流逝的时间。

记忆总是不断地更新着，唯有你们一直为我留下精彩。

总是桀骜地闯荡，却忘了停下脚步，回头看看我所拥有的，我所拥有的，那个单纯世界。

我从不后悔我是一中人，我可以没有多大的成就，可以没有光鲜亮丽的外表，可以没有辉煌多姿的未来，我有你们，就已足够。

春光不必趁早，冬霜不会迟到，相聚别离，一切都是刚刚好。

（二）

与安柠一的同桌生活，也是十分令我哭笑不得，我也终于明白了韩小小会和安柠一在一起的原因了，毕竟这个世界上有如此缺根筋而且彼此之间还不嫌弃对方的人存在，也不容易。更何况这俩人一个是我同桌，一个是我闺蜜。

夏天已经临近，阳光不再是温暖和煦，而是炎热到令人无所适从，一中的老槐树下成为学生三五成群去避暑看书的好地方。

槐荫凉凉，不知有几对小情侣甜甜蜜蜜，正值青春年华，你我的悄悄话阐述着时光清浅。

夏日里，蚊子的存在绝对是最令人讨厌的，然而，大千世界，无奇不有，有一个比蚊子还烦人的存在，非安柠一莫属。

安柠一是个极其奇怪的男孩儿，外表的俊朗与内心的白痴完完全全不搭配，他就是一朵奇葩。

语文老师正踱步在讲台上，将自己的博学多识如滔滔江水般眉飞色舞地讲述着，我正陶醉于老师的讲课中，突然听到安柠一颤抖着声音叫着：

"黎玥！黎——玥！"

"干吗？！"

我没好气地回答他，打扰我听课的家伙！

他拉着我的红色校服，小声地说：

"黎玥……蚊子……在墙上……"

我头都不转，对他说：

"大惊小怪什么啊？不就是个蚊子嘛！亏你是个男生，以后韩小小还得替你打蚊子，真是可怜了我家小小了。"

我说完后，发现没有声音了，我疑惑地转过头，被吓了一大跳。

安柠一那个大头就在我眼前，两只大眼睛正对着我，眼里满是不甘心和小受伤，他抱着胳膊，样子十分滑稽，我"扑哧"一声笑了起来：

"啊哈哈哈哈哈！安柠一！证明你是男人的时刻到了，去吧！皮卡一！"

安柠一皱着眉盯着蚊子看了好一会儿，他转过头来问我：

"黎玥，你有胶带纸吗？"

"我上哪给你找胶带纸？你又要干吗？我要是有胶带，早就把你那张嘴粘上了。"

他无比受伤地坐在座位上，两只手垂在大腿上，驼着背，冥想了一会儿，他开始了满世界找胶带纸的行动。

铭看不下去了，趁语文老师不注意，把胶带纸从班里的另一端，扔向了我们这一端。

安柠一稳妥地接住了胶带纸，他扯下了一长串，在墙上比画了好久，我用余光瞄着他，"嫌弃"两个字写了满脸。

他用胳膊肘戳戳我，小心翼翼地说：

"黎玥，你说我这样用胶带能粘死它吗？"

我不耐烦地回答道：

"随你随你，我都没见过这么麻烦又胆小的男生。"

安柠一气鼓鼓地拽着我的校服，扬着头说：

"你说什么？！我是谁啊？你鸡哥哥！知道吗！叫我鸡哥哥！"

"世界上那么多种动物，你偏要当鸡哥哥，也是醉了。"

"你懂什么？！"

"好好好！我不懂我不懂！行了吧！你去用你的胶带纸粘你的小蚊子吧！我还要听语文课呢！"

"听什么听！从来没见你听过，你看着，见证奇迹的时刻到了。"

我抱着胳膊，就这么无语地看着他。

安柠一嘴里嘟嘟囔囔的：

"这个角度……嗯不行……再换一个角度……好的，就这里了！稳住！深呼吸啊……一、二、三，粘！！"

他的胶带纸稳稳地落在了墙上，找好的角度全是假的，蚊子与他的胶带擦肩而过，且扇着翅膀划过了安柠一的脸，在他的头发上停留了一小下，又绕着他的头转了一周，这才飞向远方。

安柠一大惊失措，捂着脸号叫起来：

"你鸡哥哥的帅脸！你鸡哥哥的脸啊！！"

本来想装作高冷的样子一本正经地嫌弃他，可大概我骨子里不适合高冷，还是"扑哧"一声笑了起来。

语文老师闻声回过头来盯着我说：

"黎玥，怎么又是你！每次都是你，我都不用看就知道是你！你的座位换到哪里都一样会捣乱的，你就应该坐雅座！"

"坐到外面的小石凳上。"

熟悉的声音接着老师的话说道，我转头寻去，果真是骆一橙，他挑衅地看着我，嘴角微微上扬，眯着眼，一副看热闹的表情，坐在从窗外钻进教室的阳光下，俊俏的脸庞甚是迷人。

看到是他，我噘着嘴，斜着眼瞅他，"不服气"三个字写在脑门上。

萧凡看见我们，假装咳嗽了起来：

"咳咳咳……"

随即好多同学顺着萧凡的眼神看到了我和骆一橙，我的心一沉，这下又有把柄被抓到了。

班里此起彼伏的咳嗽声像波浪一般此起彼伏，老师疑惑地看着班里一群学生在咳嗽。

林雨汐笑着说：

"哟哟哟！骆一橙唷！这宠溺的眼神！怎么舍得黎玥坐到外面的小石凳上呢！"

我的脸"唰"地一下红了，迅速转过头去，不敢抬头，这样一来，更是成为话柄。

林雨汐当然瞧见了我的变化，她假装自言自语，却用着全班都能听到的声音说：

"咦——黎玥为什么脸红啊？"

大家大笑了起来，集体发出了长长地一声"哦——"。

老师脸色变了变，拍拍讲桌：

"行了行了！上课呢！都干什么呢？起哄的同学出去！"

大家都不作声了，却有两三个还窃笑着。

我的脸久久红着，也总感觉他的目光还锁定在我身上，我不敢，也不想回头看他。

身旁的安柠一抚摸着自己的脸颊，受惊的表情仍然没有换掉，我瞥了他一眼，用胳膊肘顶了他一下。

都怪他！让我这么难堪！

他伤心地把头转向墙那边，面着壁，在思过吗？

我觉得自己有点过分，拉拉他的校服：

"安柠一……你……生气了？"

"走开走开！鸡哥哥从来没有受过这样的委屈！你得赔我！"

"赔你什么？"

"赔我两根烤肠！"

"赔你个胖子！"

我没好气地骂了他一句，他又转向墙那边，头抵着墙，暗自忧伤。

"黎玥，我是你的什么？"

"啊！你是我的鸡哥哥！"

"你的鸡哥哥帅不帅？"

"帅！鸡哥哥天下第一帅！"

"其实也还好啦！不用这么夸你鸡哥哥！"

我从小超市走回来，刚进班，就听见安柠一自导自演，上演着一出他所谓的"感天动地大戏"，我走到他面前，俯着身，向下盯着他看，用着王之蔑视的眼神，安柠一慢吞吞地站了起来，对着我傻笑：

"黎玥……嘿嘿嘿……"

"嘿什么嘿？！你自黑就自黑吧，怎么还带上我？！"

"嘿嘿嘿嘿……"

"你别嘿嘿嘿！你给我解释清楚！！"

我上手揪住了他们衣领，他"嗷"的一声嚎叫了起来，不凑巧，我的手机响了。

我用另一只空闲的手拿出了手机，那只手还紧紧攥着安柠一的衣服，他挣扎着，我用下巴滑开了手机接听键，接起了电话。

"宝贝，你考上了天津的国际学校了！"

"真的吗？"

妈妈的声音传进了我的耳朵，我带着一丝怀疑地问着。

"真的！你觉得你自己考得怎么样？"

"嗯，一般吧。"

"你拿到了奖学金！"

"啊！！"

我激动地跳了起来，大笑着，放开了安柠一的衣服，但随之狠狠拍了一下安柠一，他又一次"嗷"了一声，我大叫着，欢呼着，拍着双手，拉起安柠一就开始绕着圈圈手舞足蹈，安柠一全程懵圈地被迫跟着我的动作。我跑出了教室，跑向操场。

阳光正暖，洒满整个绿草地，我站在草地上蹦跳着，旋转跳跃，喊累了就躺在了草地上，我闭着眼，任阳光肆意蔓延在我脸上。

偌大的操场上，很空，大家都在教学楼里，有时候特别喜欢一个人的感觉，不是孤独，而是一种自由，像是拥有属于自己的另一个小世界。

原本的安静被若有若无的脚步声破坏了些许，感到有人走了过来，我慢慢地睁开了眼睛，面前站着凝阳，阳光有些刺眼。他就站在我的身边，一句话不说，只是看着我，气氛越来越尴尬。我有些不开心，一个人的小世界没有了。

头扭向另一边，一个男孩轻轻走了过来，踩着黑白相间的 aj 最新款运动鞋，修长的双腿，比例协调的身材，双手插在裤兜里，是骆一橙。

他装作若无其事的样子，却偷偷地瞟了我几眼，小动作都被敏感的我捕捉到了，我忍不住笑出了声。

凝阳被我的笑声吸引了去，循着我的视线看去，看到是骆一橙，他的脸色变得很臭，带着几分厌恶说道：

"什么风把学霸给吹来了？"

我伸手揪揪凝阳的裤脚，让他不要这么说话。

他却假装没有察觉到。

骆一橙踱步走了过来，带着不屑，笑着说：

"我想，聪明的人都懂吧。"

凝阳越发生气，我瞧瞧凝阳，又瞧瞧骆一橙，一个气得仿佛要跳起来打对方一个耳光，另一个则带着戏谑的神色淡定自若。

懂什么？可能我不聪明吧，不对，不是可能，我本来也不聪明。

"装什么好人？你那点破事儿谁不知道？你别以为你学习好就什么缺点都没有！你没去过网吧？你没泡过酒吧？你……"

"呵，去过又如何？我又没装作自己是好学生。"

"你怎么没装？！"

"呵……"

我实在看不下去，凝阳怎么生起气来这么没有家教呢。

我"腾"地坐了起来，手拍了一下草地，说：

"嚷什么嚷？！你们可不可以友善一点，都是一个班的同学。凝阳你也是，人家哪里装了？他逃课上网吧什么的谁不知道？人家否认了吗？我今天本来这么高兴，就怪你们两个！我的好心情都没了！"

凝阳急着嚷道：

"黎玥！！"

我从没见过他这么生气地叫我名字，我怔了一下。

"黎玥！你为什么就指责我一个人？！你为什么就针对我？！还有你，骆一橙！你装什么清高，我……"

"凝阳！！"

没等他说完，我就脱口而出地打断了他，我自己也被吓了一跳，顿了一下，说：

"凝阳，你需要去冷静一下，虽然我不知道你为什么这么生气，但今天真的是你的错。"

凝阳睁大眼睛看着我，愤怒中带着几分难过，他张了张嘴，扭头离去，嘴里嘟囔着什么。

我看着他的背影，突然觉得是自己做错了，伤害了凝阳单纯的感情，我想叫他回来，想追上去向他道歉，却最终什么都没有做。

骆一橙一句话都没有说，只是站着。

我被自责填满了整个脑子，我应该为我的错误感到羞愧的，我都十五岁了，为什么还是处理不好人际关系，让身边的人因为我受伤呢？

抬眼是愤然离去的男孩儿，身边是站着沉默的男孩儿，坐在草地上的是不知所措的我。

我晃了晃头，胳膊交叉着，又躺下了。

睁眼便是蓝蓝的天空，无边无际，没有一朵云彩。

"忽视我，嗯？"

骆一橙磁性的声音在我耳边响起，早已忘记了他的存在的我，偏偏头，看见了站在操场上的男孩儿。

阳光洒在他卷卷的发丝上，金光闪闪，插着兜的双手抬了起来，放在胸前，抱着肩。

他微微低着头，眼睛与我对视着，阳光刺眼，我眯起了眼睛，他轻轻靠近我，替我挡住了阳光。

此刻的他，阳光帅气，冷酷霸道中偶尔流露出的小温柔很可爱。

对视了一会儿，我不再看他，继续看向天空。

他坐了下来，愤愤地说：

"还不理我，嗯？"

我憋着笑，假装没有听见他带有小脾气的话，继续看着天，将一只手伸了出来挡着阳光，可阳光还是穿过指缝溜到了我的脸上。

"就你这样的手，又短又粗，还想遮阳？"

我被激怒了，手"啪"的一声拍在草地上，只觉得好疼。但是为了不丢脸，我忍着痛，正准备说些什么反驳他，一只大手出现在了我的眼前。

"就你的眼睛，晃几下坏不了。"

他说着，另一只手抓住了我拍在草地上的手，抬到眼前，一边看着，一边问：

"疼吗？"

我正要委屈地说一个"疼"字，又被他一句话怼进了肚子里。

"没错啊，手指果然是又粗又短。"

我将头转向另一侧，不想理他。

过了一会儿，感到有阳光晒到了脸上，我眯上眼睛，扭过头想看个究竟，却被骆一橙的那张脸吓了一大跳。

他的脸就凑在我面前，离我只有几厘米的距离，我的心跳突然加速，只有几秒的时间，这种感觉消失了，奇妙又刺激。

骆一橙一侧身，躺在了我的身边，一只手撑着头，另一只手放在我的手边，两眼看着我。

他的手指轻轻点着我的手背。

我回头对上了他的眼睛，问：

"你不回去上课吗？"

"你不上课，没有意思。"

我奇怪地看着他，笑了一下。他说：

"发生了什么，刚刚那么高兴。"

"我考上了。"

他笑了，笑着的模样很迷人。

我一边笑着，一边凑近他的耳朵，美滋滋地说：

"还有奖学金哦。"

他笑眯眯地看着我，感觉再这样看下去我会沦陷在他的笑容里，我咽了一口唾沫，转过了头，不去看他。

什么都不说，心里却很甜很甜。

蓝天下的茵茵绿草上，躺着两个孩子，一个出神地看着天空，微微咧嘴笑着，另一个撑着脑袋，看着身旁的女孩儿。

此刻宁静的校园里，学生们都在上课，没有人走出来，只有操场上的两个孩子，趁着青春年少，一言不发地静默在这片草地里。

已是五月，校园里零星的点缀着些许花朵，绿茬儿调皮地翘在枝头。距离中考还有一个半月，因为得知自己高中已经有了着落，中考似乎没有那么可怕了，生活也仍然多姿多彩，毫无紧张之感。

然而新的高中敲定，也意味着我这三年的"一中梦"即将结束了。高中终究还是要与一中擦肩而过，也许是上帝投了骰子，认定我不能留在我的小城里，继续蜷缩在小小的世界里，过着满足而滋润的生活。

陈曦为了要考进一中，忙得不可开交，喜怒哀乐随着每次模拟考试的成绩而变化，悲观乐观杂糅在一起，总是需要我的安慰才能平和下来。

雨汐的成绩一直都居中，不是那么出彩，却也不是差到极致，她的乐观心态面对中考也丝毫不减，不担心学校分数，不担心未来，每天和我闹着玩，蹦蹦跳跳，为程晨的一些行为闹脾气，和老师拌拌嘴，空闲时间翻翻淘宝，逛逛网店，挑挑口红眉笔。其实这样也蛮好，没有压力地活出自己多彩的青春。

程晨也有一个"一中梦"。不可否认搞对象会影响学习这一说法，虽然不能一概而论，但也有不少例子可以佐证。程晨便是如此，因此他目前的成绩也只够进一个较好的二类学校，想考入一中只能奋力一搏。

至于韩小小，新的学期我与雨汐和萧凡经常玩在一起，跟小小的交集慢慢减少了，再加上有人莫名其妙地总是挑拨我们两个，谣传我们两个互相攻击，内心深处本是知道这些都是假的，但不知怎的，还是与小小有了些许疏远，虽然表面上不说，但我们各自心里都清楚。

萧凡的成绩和雨汐差不多，但萧凡要比雨汐努力得多，她每天早出晚归，忙碌地补课学习，很是辛苦，似乎脸色也不像从前一般红润了，看着让人极为心疼。

凝阳自从上次和我闹矛盾后，放学回家都没有等我一起走，我也没有刻意去追他，只是跟在他的身后，默默地走着，却跟不上他的步伐，与他渐行渐远，看着他落寞的背影，我竟不知所措。

僵持了一阵后，他还是主动向我道歉了，我却没有将"对不起"三个字说出口，总是固执地不愿放下自己的小倔强。

自争吵以后，凝阳像是没有发生过任何事情一样，而我却做不到。我明显地感觉到了凝阳努力地想要像原来那样走进我的心里，却被我无情地挡在了外面。

人心会变，是我变了。我变得，开始喜欢上和骆一橙在一起的时光。

骆一橙天资聪颖，初中的学习内容完全难不倒他，他总是玩得比别人多，学得却比别人好，所以中考也丝毫不用担心。他也变了，不再高冷，可能是和我在一起，他高冷不起来，每天上课我们总是时不时会有眼神的碰撞。

从未想过，其实，一切都变了。一成不变的，只是一中里的那个三五五班，那五十五个人和我们的老班金老师，以及窗外永远安静矗立着的大槐树。

有安柠一的地方，不会安静；有黎玥的地方，一定闹腾。

这句话出自我们三五五班可爱的全体学生。

安柠一的高中也已经有了着落，他的家庭条件优越，家里为他安排的高中是另一个小城的学校，学校在我们这里也很是出名。

两个中考成绩已无关紧要的学生坐在了一起，还是特别吵闹开朗的学生，可想而知，这威力该有多吓人。

为了激励我自己，即使不用在意中考成绩，但我仍然想证明自己——曾拥有过一个奋斗的青春。

但是，现实却远没有那么简单。

我在桌子上摆了一个巴掌大的小日历，上面圈圈点点，在中考日期上画了一个大大的醒目的圈圈，每过一天我就用笔在日期上划一道，以此来督促自己不可懈怠。

它只是一个日历，却成了安柠一的玩具。

从《致爱丽丝》响起的那一刻起，安柠一便开始打起我亲爱的日历的主意。

他闭着眼，酝酿着，深深地吸了一口气，突然猛地瞪大眼睛，将那口气使劲吐了出来，像是吐出了存在自己体内一千年的毒气。

我用眼角的余光瞥着这个幼稚的"戏精"。

他嘴里的那口气瞄准了我的小日历，说时迟那时快，我伸出了手，想要拦住摇摇欲坠的小日历，然而并没有什么用，我的小日历"啪"的一声坠落在地上，我好似听见了它伤心哭喊的声音。

我狠狠地瞪着安柠一，他本还仰天大笑，发现了我冷冷的要杀了他一般的眼光，便渐渐地收回了笑容，变出一副什么都不知道的无辜样子，楚楚可怜。

但这骗不了我，我的心不软。

我一巴掌拍在了桌子上，冲着他大喊了一声：

"你干什么？！"

周围的同学都扭过身来看我们，可我不在意，脸皮厚，没办法！

我弯下腰去，小心翼翼地捡起了我的小日历，捧在手心上，轻轻地抚摸着它，对它说：

"没关系，没事，没事！就是摔了一下，不疼不疼！鸡哥哥他智商低，我们忍受一下啊，回头我去收拾他。"

我将小日历轻轻摆在了桌子上，一回头，以迅雷不及掩耳之势，打在了安柠一的脊梁骨，安柠一"嗷"地叫了一声，我瞪了他一眼，说：

"闭嘴！烦人！"

他委屈又颓废地坐在座位上，我不再管他，开始听课，并把小日历移到了我的手旁，我要保护它的安全！

安静了不到三分钟，安柠一拿出一块橡皮，盯着它左看右看。

他戳了戳我的肩膀，凑到我耳朵旁，神神秘秘地说：

"黎玥，比赛吗？"

我扭头嫌弃地看了他一眼，什么都没说，又转过头去继续听课。

他被惹急了，用激将法刺激我：

"我就知道你不敢！你鸡哥哥是谁啊，又帅，又高，又……"

即使知道他在刺激我，仍然及时打断了他的话：

"比就比，who 怕 who。"

他咧着嘴笑了起来，举着那块橡皮说：

"就这快橡皮，往高处扔，看谁扔得高，扔完必须接住，接不到就输了。"

老师还在讲台上滔滔不绝地传授知识，而我们就坐在第一排，我犹豫了一下，仗着自己脸皮厚，玩！

第一局我先来，我趁着老师低头看题，猛地将橡皮抛向空中，却不敢抛出太高，怕被老师发现，我和安柠一盯着那块橡皮，橡皮开始下落，稳稳地落在了我的手心。

安柠一不屑地说：

"切……给你展示一下你鸡哥哥的技术。"

他夺过橡皮，直接向上抛去，橡皮飞得很高，也是稳稳地落在了安柠一的手心。

我不服气地白了他一眼：

"也就比我高了一点点。"

他却扭着身子，屁股快噘到了天上，这个家伙！

他的眼珠转了一圈，冲着我打了个响指，说：

"哎黎玥，我们比谁能扔到天花板上！"

我歪着脑袋想了一想，点点头：

"OK！"

我还是不敢用劲儿，只是比刚刚抛的稍高一点，安柠一用尽了全身的力气鄙视了我一番，我气愤地说：

"你来你来，你有本事，你牛！"

他这次瞥了一眼老师，使劲将橡皮抛向空中，我们的目光随着橡皮一直上升。

安柠一瞪大眼睛叫着：

"哇，哇哇哇！等等！你瞅着黎玥！哇哇哇！耶！！"

橡皮触到了房顶，反弹了回来，但因下落速度太快，安柠一没有反应过来，橡皮妥妥地砸在了我的头上，我这下被惹急了，气急败坏地吼着他：

"安——柠——一！！你是故意的吧！"

安柠一捂着嘴哈哈大笑。

但是——这个世界上有一个词叫"乐极生悲"。

老师悄悄地走向我们这边，就站在了安柠一的身后，安柠一笑得太投入，毫无发觉，我也不提醒他，等着看他的好戏。

只见老师手中的书瞬时落在了他的头上，老师咆哮了起来：

"看你这里好久了，我是懒得说你！安柠一，你最近是不是吃上兴奋剂了！耶呀——！！"

老师都飙出了他带着方言的口音，来表达对安柠一的极度不满。

安柠一捂着头，笑容僵在脸上，他又开始装起委屈，眼泪汪汪地看着老师，老师深深地叹了口气，走开了。

我皮笑肉不笑地嘲讽他：

"呵！安柠一，你不当演员可惜了！"

安柠一还不知天高地厚，扭着屁股说：

"你也这么觉得吗黎玥？我也觉得，以你鸡哥哥的颜值……"

我再一次打断了他：

"闭嘴！"

他又一脸委屈地盯着我，我抓狂地拍了拍脑门儿，我怎么这么倒霉，有这样一个同桌！

为了与安柠一保持距离，我拿出了一支铅笔，握在手中，比画着对安柠一说：

"安柠一！从今天开始，我们画一道三八线，从此我们井水不犯河水！"

安柠一摇晃着他的大脑袋，毫不在意地说：

"都什么年代了，还三八线，切！老土！"

我忍住了一大堆即将脱口而出的怼他的话，劝自己要冷静。

我深吸了一口气，没有理睬他，自己开始画线。

我犹豫了一会儿，在安柠一那半边的桌面上，画了一条粗粗的铅笔线。

安柠一嚷嚷起来：

"哎哎哎！黎玥你什么意思？！你这三八线太不公平了吧？！你只给鸡哥哥留这么一点点的空间吗？！三八线要平分位置的好不好！"

我拿着铅笔，思考了一下说：

"是啊，你说得有理，三八线嘛，的确是我错了。"

我用橡皮擦掉了原来画的线。

安柠一满意地点点头：

"这就对了嘛黎玥，做人得讲理嘛。"

我一边满口答应着，一边提笔开始画。

这次的三八线画在了安柠一的桌面中央，画完后，我微笑地对安柠一说：

"大功告成！我的桌面和你二分之一的桌面归我，剩下二分之一归你！赶紧的，把你这些个书呀本呀的，都从我的地盘拿走！"

一边说着，我一边把他的书推向他的地盘。

他瞪着眼睛，气愤地说：

"黎玥！你干吗？！不行！不可以！你鸡哥哥的地位难道就这么低吗？！"

我微笑着点点头：

"安同学，请问你有什么意见吗？"

"没有！"

安柠一冲着我嚷了一声，愤愤地离开了。

呵！跟我斗！

我刚拿出水瓶，拧开了盖子，准备喝水，头突然被什么东西砸了一下，我捂着头，看见了掉落在地上的粉笔头，是谁？敢对本人干这样的事？！

环顾四周，却发现没有可疑人员，我摇摇头，就当是有人不小心干的吧。

正当我将水瓶递到嘴前，我又被粉笔头砸了一下，砸在了肩上，是谁？！

我抬起头想要揪出凶手，却发现一个熟悉的身影出现在我面前。

是骆一橙。

他伸手揉揉我的肩，轻声问道：

"疼吗？"

本来不疼，但我还是眼泪汪汪地看着他，一副委屈的样子，颤抖着双唇，假装奄奄一息地说：

"儿啊……爹……爹快不行了……爹这一辈子……就这样了……爹……最大的心愿……就是……就是……找到害爹的……凶……凶……凶……手……"

说罢，我看了一眼骆一橙，他微微朝我笑着，眼睛一直看着我，笑容勾勒着男孩儿阳光清秀的脸庞，好帅啊，我要沦陷了。

不行！我演戏要到位！黎玥！你什么时候开始花痴了啊！

我翻着白眼，痛苦写了满脸，软绵绵地倒了下去。

在我即将合上双眼的瞬间，余光看到了安柠一。

他手里拿着一大堆粉笔头，正瞄准着我，想要找一个最佳投射角度。

我猛地睁开眼，从地上捡起刚刚砸到我的粉笔头，瞄准安柠一直接砸了过去。

粉笔头不偏不倚刚刚好，砸在了安柠一的额头正中央，他捂着额头，哀号着：

"上帝啊！鸡哥哥帅气的脸啊！"

我听了这句，更气愤了，怎么有这么不知羞耻的生物活在世界上？

不行！得斩草除根，才能拯救国家大业！

我点点头，捡起另一根砸到我的粉笔头，再一次砸向安柠一，他的下巴"中弹"了。

他哀号着，像老乌鸦似的，捂着脸向教室外跑去：

"黎玥！我不和你玩了！哇！！鸡哥哥的脸——"

我拍拍手，高兴地笑着，发现骆一橙还站在我身边，我冲着他也笑了笑，说：

"儿啊，爹没事了，不用担心，爹好得很！只是最近总有些小虫子想要害爹。"

骆一橙突然把脸凑到我面前，两只眼直勾勾地盯着我，我被吓到了，他慢条斯理地说：

"给谁当爹，嗯？"

我支支吾吾，不知该怎么说。

这时，萧凡和林雨汐的声音在我耳边响起：

"我们是——骆一橙和黎玥的——官方后援团！"

我想推开骆一橙，却发现，我的力气根本不够！双手搭在他的肩上，使劲儿地推他，可他一动不动，并且，最糟糕的是，除了我们两个，没有第三个人知道，我是想要推开他。

林雨汐大叫着：

"哇哇哇哇！这怎么都上手了啊！不过也是，骆一橙的笑容那么难见，笑起来还是满脸宠溺，这被谁遇上，谁也受不了啊，是吧，黎玥？"

我可真是被她俩害惨了，好多同学都围在了我们身边，都笑嘻嘻地对我们俩指指点点。

我慌慌张张地放下手，逃脱了"事故现场"，长出了一口气，天哪！

天气还不是那么暖和，坐在第一排的我，靠近教室门，尽管围着大棉袄，还有厚厚一层脂肪包裹着身体，仍然冷得瑟瑟发抖。

安柠一却只穿着春天的单衣，校服裤脚挽起，露出脚上一双耐克最新的大红色篮球鞋，远远乍看，还是可以用酷帅拽来形容的，毕竟安柠一也是好多小女生向往的对象。

"可怕的女人，都瞎了，都疯了。"

每天，我都摇着头，一脸惋惜地感叹着，安柠一被我气得满脸黑线。

尽管这样嘲弄他，他还是待人真诚，比如……

今天是孙泪宇值日打扫教室，她每每拖着垃圾出去倒的时候，都不关门。

每当她走出去的时候，我总是提醒她一句：

"关下门，谢谢。"

刚开始，她虽然有些许的不情愿，但还是帮我关上了门。

但当我第 N 次一只手撑着脑袋，另一只手放在桌子上，百无聊赖地点着桌面，无奈地吐出那几个字：

"关下门儿！谢谢！"

她怒了，提着扫帚走了回来，狠狠瞪了我一眼，嘴唇动了动，嘟囔了几句。

我被吓了一跳，撑着脑袋的手放了下来，握住了另一只手，向上寻着她的目光。

她扭头甩手离开，离开的瞬间，手拉着门把手，本是安静得很的教室，突然响起了一声"砰"。

关门时挤进的风猛地拍到了我的身上，我的头发飞了起来，只觉一阵寒风刺入骨里，没有任何商量地钻进我的衣领里，把我吹了个透心凉。

我盯着教室门，手放在口袋里，抖着腿，带了几分委屈。

感到大家的眼神齐刷刷地投向了门口和受到惊吓的我身上。

我什么都没有说，也没有回头，有些许的难过，一个人拘谨地坐在座位上，静静地翻着书，心思却不在书上，刚刚的一幕不停地回放着，脑海里是孙泪宇愤怒的眼神，耳畔回响着她摔门的那一声巨响，像是站在空无一人的大山中央，云雾缭绕，孤寂幽忧。

安柠一一直在翻书，我却感觉得到，他一直偷偷用余光瞟我，一眼又一眼，但他又不敢让我发现，一只手拨弄着头发，就像考试作弊一样，默不作声地偷看我的表情。此刻我终于明白了，“作弊”一定会被老师发现的原因。

本来就很恼火，加上安柠一的左瞟右瞟，我更是心烦气躁。

我猛地一下把手拍在了他的课桌上，噘着嘴，皱着眉头，咬牙切齿地说：

“看看看！看什么看！我是动物园的国宝吗？！”

安柠一转过头，一脸惊讶地看着我，眼睛睁得老大，嘴巴也大得能吞下一个拳头，夸张地说道：

“呀，呀，呀！！”

我没好气地吼他：

“干吗？呀什么呀？你是小孩儿？不会说话啊？”

他满脸认真地说：

“没错了！你活了这么多年，终于发现自己是国宝级胖子了！真是太不容易了！啧啧啧……”

他一边说着，一边惋惜地摇晃着他那个惹人烦的脑袋。

我瞪了他一眼，握紧拳头，一下下砸在他的桌子上，生气地说：

我的"后援团"迷弟迷妹们都来安慰我，让我收获了一大箩筐的感动。

　　后来啊，又是一节课，听着老师讲台上指点江山，尽管全神贯注地投入"学习"的怀抱，却忽地想起了些什么，绞尽脑汁想了一会儿……

　　Bingo！就是那件事。

　　我对着身边百无聊赖的安柠一打了一个响指：

　　"哎同志，打扰了，您刚刚说要帮我干什么来着？干什么呢？"

　　安柠一委屈着小脸儿说：

　　"黎玥！讨厌！人家帮你报仇，你都没有看见！"

　　我吃了一惊，蹙着眉头瞅了瞅身旁这个柔柔弱弱的男生，考究了一番他的话，觉得一定有假，试探着问：

　　"你帮我报仇了？报——仇？"

　　安柠一委屈巴巴地看着我点点头。

　　"你……帮我什么了啊？"

　　"我特别努力地帮你！"

　　我满眼期待地看着安柠一，等着他接着说。

　　"我下课，下课拿了三根粉笔头，趁孙泪宇不注意的时候，瞄准她，三下五除二，搞定！"

　　说着，他还拍拍双手，一副骄傲的样子。

　　我扶着额，转过身去，以安柠一可以听见的音量小声地说：

　　"怂！"

　　安柠一撇着嘴，闷闷不乐地坐在那里。

　　安柠一啊，你怎么这么可爱？像个老小孩儿！

　　其实也只是一个小小的摔门的动作，其实也只是一个青春任性

"你说啥？！你说啥？！"

就这么敲击着桌子，顿时感觉愉快了好多，刚刚因孙泪宇的摔门而惊吓委屈的情绪也消减了许多，真是奇怪呢。

安柠一眯着眼笑着问我：

"黎玥同志，现在觉得如何？"

我白了他一眼，嘟着嘴说：

"切！"

他一本正经地说：

"发泄一下就好了嘛！黎玥同志，没关系，你鸡哥哥帮你报仇！不就是一个孙泪宇嘛？你还怕她？不还有你鸡哥哥我嘛！没有关系的！包在鸡哥哥身上！鸡哥哥下课就给你报仇去！"

我看着他，杂七杂八的感情涌上心头。

安柠一，平时你只会吊儿郎当地气人，没想到也有这样认真正经的一面。

下课铃声终于再次响起，尽管安柠一的安慰让我很感动，但心里还是有点小难过。

林雨汐走了过来，看着我说：

"你还好吗？我看见孙泪宇嘚瑟的样子了！我早就看她不顺眼！让关一下门怎么了？矫情！没事儿！别跟她计较，开心点儿哈！"

萧凡在旁边应和着：

"没错黎玥，别理她，我们不和她一般见识！"

我愤愤地诉说着不开心，铭也一副正经八百的痴迷模样说：

"偶像最棒！支持偶像啦！她没有素质就没有吧！偶像要好好的哦！不要生气了！"

"……"

劲儿，谈不上什么报不报仇的，谁曾想它会为我带来这么多的温暖与感动。

我们班级这五十多个人，不是彼此间的过客，而是生命里的常客。

不在乎相互之间的矛盾纠纷，只是，透过这些矛盾，我看到了我的小小世界外，有你们，像耀眼的明星，永驻深蓝一片。

夜与尽头

（一）

今天是2017年5月5日星期五，天气晴，心情无法描述。

"初中的最后一次跑操了啊！大家拿出点儿气势来！"

主任在主席台上举着话筒大喊着，我默默抬头看了他一眼，看看右手边站着的林雨汐和萧凡，她们两个也是默不作声，同我一样。

左手边的陈曦拉拉我的手，悄悄说：

"黎玥，最后一次了……"

我还是什么都没有说。

老金站在队伍的旁边，看着我们，说：

"大家用心跑完这最后五圈，你们不都整天想着怎么逃避跑操吗，正合你们心意！今天跑完后，别做剧烈运动了，好好休息一下吧。"

老班话音刚落，熟悉的跑操音乐响了起来，响彻了整个大一中的天空。

"跑步——走！一，二，三，四！……"

耳畔回荡着音乐，跑步在红色跑道上，看着脚下一方土地，竟有如此之深的眷恋与不舍，也就想到了语文课上学过的那句话：

因为，我对这土地，爱得深沉。

没有缘由。

还有三天就到下周一的体育考试了。

一切这么快？一切这么快。

似是昨日刚参加了震撼人心的百日誓师大会，今日即将要奔赴战场。

如果，如果还有第二次……

我还没有跑够，我还没有疯够。

曾经的多少个傍晚，与雨汐、程晨、凝阳，在这里，在四百米的跑道上，练习着跑步、跳远、握力，有时也会看到骆一橙的身影，偷偷摸摸地瞥一眼他俊俏的侧颜，假装没有看到他。

我们在这里，跑着，跳着，追赶着。

凝阳和程晨总是跑在我和雨汐的前面，回头向我们两个招手，一点都不嫌弃地让我们追上他们两个，有时又站在我们两个的对面三米处，要我们一起立定跳远，跳向他们。

程晨总是悄悄猫着腰，向前挪动几步，张开双臂，雨汐猛地一跳，不小心就扑进了程晨的怀里，两个人腻歪在一起，躺在软软绵绵的绿草坪上，看着墨蓝的天空，程晨把雨汐紧紧搂在怀里。

凝阳则只是站在那里，给我加油，有时候会悄悄往前蹭蹭，但都被我发现了，呵斥着他，不让他动。

于是，软软绵绵的绿草坪上，总是有一个女孩儿插着腰，对着对面的男孩儿指指点点，男孩儿却一句反驳的话都不说，只是单手拎着书包，微笑着看着对面的女孩儿，两人不远处，还有一个男孩儿，搂着怀里的女孩儿。而隔三岔五，还会有一个总是手插裤兜，严肃高冷的男孩儿站在那个插着腰的女孩儿身旁，不停地指责着她刚刚起跳的动作，把她劈头盖脸训斥一顿，再嘲笑一番，女孩儿的脸气得圆鼓鼓，红彤彤的，却吐不出一句话怼回去。

也不知何时，五圈早已跑完结束了，我却还在想着过去的从前。

老班叫了好多声"黎玥"，才把我的思绪唤了回来，我充满疑惑地看着她，她挽起我的手，在回班的路上，对我叽叽咕咕着，我们老金有时真的好可爱！

经过老金的一番详细解读，原来是学校要求每个班上交一个关于班级三年成长故事的视频。当然了，老金又将这艰巨的任务愉快地抛给了我。

自恋地说，我的动手能力还是蛮强的，视频的效果就不用提了，嘿嘿嘿嘿……

老金感动得一塌糊涂，为了做视频，我写了洋洋洒洒一大篇文章作为文案，当然也少不了我们班级这三年间无数张的照片，的确是有催泪的效果，到现在我还清晰地记得，在《我们的明天》的背景音乐中，视频结尾的那几行字：

"总有一些人，原本只是生命的过客，后来却成为记忆的常客。

感谢，在最好的年华遇见三五五的我们，我们的三五五。

三五五，我们不是不败，是必胜！"

一曲终了，唯留墨黑，繁华散尽，只余零散回忆，星点遗憾，一辈子不长，可否一挽岁月之手，永远定格，停留在原地，那个兜兜转转，即一生一世的小小世界。

5月8日星期一，早上五点二十就已站在大一中的校园里，清晨的宁静被初三年级的叽叽喳喳打破。

初三一共一千八百四十个人站在博学楼前的广场上，围成一小堆一小堆的，表情各异，有的紧张不已，有的表情凝重，有的仿佛在沉思着，有的吊儿郎当地讲着笑话，有的"社会人儿"一边拽拽地走着，一边不停地用"社会"的方式和其他"社会人儿"打着招呼。

几辆大型客车驶了过来，叽叽喳喳的人群有序地涌进了这些小长方体里，没过多久，校园又安静了下来。

夜色还朦朦胧胧的，没有完全散去，天上的月亮已经开始默默偏向另一片混沌，东方的天已微微亮。校园内的花花草草也静得出奇，只是随着五月的风轻轻摇曳，生怕扰了这份宁静一般。此刻的教室里桌椅横竖成行，书本杂七杂八地堆在桌上，黑板上粉笔画的二次函数图像还未擦掉……

这一切都随着大客车的行驶而慢慢地，慢慢地远去——直到成了一个再也看不清的小黑点。

我们去参加中考体育考试了。

车上我和林雨汐坐在一排，旁边站着的是凝阳和程晨。

凝阳这个乖乖仔头一次上学带手机，早上一起来上学的路上，他激动又紧张地对我说：

"黎玥！今天要体考了！我妈竟然让我拿手机了！"

"……"

凝阳不安分地将手机举起，摄像头对准我，我把手缩进衣袖里，抬起胳膊，脸藏在袖子后，躲躲闪闪。

尽管这样，后来，还是在凝阳的 QQ 个人介绍主页上看见了我的照片。

抵达了考点后，我们从车上跳了下来，抬眼就看见了电子屏上的几排大字：

祝考生在体育考试中……

后面的全都忘记了，只记得当时匆匆瞥了一眼，大脑一片空白地跟随着老金走向小操场——去热身。

体育老师出现在小操场上，最后一次与他一起练习体育了，每一个人都比平时认真一万倍，跑着、跳着，困意和凉意渐渐消散，像是被打通了任督二脉，热血沸腾，直冲脑门。

当时的等待入场都做了什么，可能是因为紧张吧，现在也记不太清楚了，回忆起来的，只有零零散散的片段，好像已是很久远的事情了。

和雨汐、萧凡出于谨慎，往厕所跑了两趟，脱了裤子却又没什么感觉，怕迟到落下，又慌慌张张地提起裤子往外跑，顾不上洗手，居然还清晰地记得雨汐说了一句话，她给我和萧凡一手指着厕所的地板，一边小声地嘀咕着：

"全是烟头！"

进入体育考场，那样宽敞却陌生的操场。红色跑道包围着绿色的草坪，主席台下的几台机器，测跳远的，测体重的，测握力的，有序地排放着，老师严肃地坐在一旁，手里擎着笔。

先是检录，老金和其他陪同老师、家长就都不能跟着我们进来了，他们被隔离带拦在操场外，看得见操场，却不能站在旁边陪着我们。

妈妈没有来，她不想让我有压力，我的中考成绩已不是那样重要，更主要的是因为之前大量的体育练习损伤了我的小腿肌肉，走起路来隐隐作痛，妈妈只是在我早上出门前，塞了一板止疼片给我，说：

"路上小心！止疼片提前一小时吃两片。"

我推着我骑了三年的山地车，我一直把它当作宝贝的山地车，酷酷的绿色山地车，妈妈给我在轮胎上绑着三个闪闪发光的酷炫小灯的自行车。

走出家门，妈妈穿着单衣跟了出来，五月还稍稍偏冷的风吹着，我转过头，她说：

"宝贝儿！体育考试别紧张，尽力就好！"

一刹那，竟不知为何酸了鼻头，眨了眨眼睛，点点头，转头瞬间，泪着实忍不住了，滴滴滚落，洋洋洒洒在无限大的世界里。

妈妈一直站在五月微冷的天里，穿着单衣，趿着拖鞋，卷卷的短发飘逸在风中。凝阳曾经告诉我，妈妈每天都是这样的，无论春夏秋冬，总是穿着单衣悄悄地跟在我身后，默默地看着我跨上山地车，一扭一扭地骑走。

这样一看就是三年，妈妈也老了，那天早晨，在微微亮的天光中，依稀看到了妈妈眼角竟有了几道不是很明显的皱纹。岁月也无情，抢走了妈妈年轻的容颜，也改变了那个不懂事的我……

雨汐、萧凡和我，三人排在一起，刷了准考证，我们捏着各自的准考证，三人挽着手，走进了操场。

操场旁是放学生随身携带的物品的地方，我们三人卸下背包，脱了外衣外裤，大冷的天儿，穿着T恤和七分裤，牙直打战，也不知是冻得瑟瑟发抖，还是紧张作怪。

转身抬眼，太阳刚刚升起一点点，天色有一丝亮了。

这个时节的小城，早晚冷得像是还处于冬天的状态，等到太阳出来了后，就是干热了，热得像是初夏一般。

远处的大树与天交融在一起，身后的操场不断延伸，穿过校园的铁栏。

看不到尽头，就像我们长长的未来一样。

该来的，还是会来。

萧凡、雨汐和我排队时站在了一起，我没有戴眼镜，慌慌张张地四周张望着，看到老金站在隔离带外，表情凝重地望着我们，刹那，鼻头酸了。

凶巴巴的监考老师吼了几句，我回过神来，眯缝着眼睛，模糊中看着他不耐烦地冲我们招手。

第一项，握力。

握力除以体重乘百分之百等于最后握力分数。

关于我的体重……还是给我留点隐私吧，我也是要面子的。

所以，握力是我弱之又弱的一项体育项目——也许，不只握力吧！

我站上了体重秤，闭着眼睛，默默等待着老师说"结束"，不断调整着自己的呼吸，短短几秒，好似半生一样长，十五年的兜兜转转在脑中仿佛被按了快放键一样一幕幕地浮现着，顿感时间飞快，岁月无情。

走下体重秤，我用尽全力捏住握力器，半年的魔鬼训练只为了这样一瞬间。

第二项，跳远。

一小时前吃了止痛片，也不知是否有效，只记得当时好像晕晕乎乎，梦游似的，也可能是因为起床太早了罢。

就这样，稀里糊涂地蹦了出去。

蹦出了此生最远距离的记录。

第三项，八百米跑。

我被分到了第一组，还是和雨汐、萧凡一组，胳膊上绑了一个电子仪器，大概是记录跑步时间还是什么的。当时的紧张情绪到现在提起，依然会令我心跳加速，全身上下的血液涌上头顶发尖。

站在起跑线上，身边是雨汐和萧凡，还有三五五班的其他十几个女生，三年在一起生活着的她们。眼前是陌生的操场、陌生的校园、陌生的老师、陌生的测试仪器。

　　监考老师走来走去，忙着维持秩序，我的心"咚咚"直跳，胸脯一起一伏。那一瞬，我终于明白了父母希望我参加这场中考的意义，即使考试的成绩不再重要，这场体验也会成为我一生中最特殊最难忘的回忆。

　　眼睛顺着脚下的那片红色跑道缓缓向上望去，望到那个身影，被拦在隔离带之外时刻关注着我们的金老师，她站在那里，一动不动，盯着我们，微张着嘴，似乎想要给我们加油，却又怕扰乱我们的心态。

　　似是感觉到了目光的注视，循着目光望过去，引入一句语文阅读中常见的答题套路语言："意料之外情理之中"，是骆一橙。

　　他和一群男生站在一起，算不上茫茫人海，但在人群中看着他，也心潮澎湃，思绪万千。

　　他笑着看着我，冲着我伸出右手食指和中指，像是比着"剪刀手"，刚想嘲笑他一下，他的手指却弯了几下，可爱极了，我甜甜地笑了，紧张还是依然紧张，手脚依旧冰冷，却多了一份不知怎么描述的感觉，大概是一些当时还不懂的情结罢。

　　枪响瞬间，拔腿狂奔，与雨汐和萧凡前前后后三人跑在一起，过了弯道，即使大家都跑在了最内侧的那一列上，想要超过前面的同学，也着实不易。

　　但一辈子了，就这一次，雨汐喘着粗气瞟了我一眼，瞬间明白她的意思，她开始向右侧加速跑，萧凡在前面领着我们，我也一侧身加速了起来。

该是止痛药失效了，抑或是刚刚跳远和起跑过于用劲，小腿肌肉每跑一步都有撕裂的感觉，疼痛感涌了上来，就知道不会那么顺利！

　　雨汐和萧凡的身影渐渐与我拉开距离，雨汐着急地边跑边回头看我，示意我跟上，她甚至放慢脚步要拖着我走，我全力示意，让她好好跑，不要管我。

　　疼痛越来越严重，又有一种头重脚轻的感觉，想都不用想，肯定是中考前为了减轻体重连着几天不吃饭造成的，我真是太傻了！怎么忘记了跑步需要能量！

　　看着身边的人越来越多地超过了我，大脑一片晕沉，依稀中看到了骆一橙抱着肩，站在操场跑道边上，默默地看着我。

　　骆一橙，我好累，好痛，也心痛。

　　转弯处，距离终点还有五十米，突然耳边响起了阵阵声音：

　　"黎玥！加油！黎玥！加油！黎玥！加油！！"

　　是凝阳的声音，浑厚的男声响彻操场上空，我咬着牙，最后关头，一定要加速。

　　"偶像！加油！快！"

　　"偶像！！你永远是我们的偶像！！"

　　"偶像！快加速！！快到终点了！！加油！！坚持住！别放弃——！！"

　　跑道环绕着的绿草坪上，站着我可爱的"粉丝后援团"，他们一个个挥着手为我呐喊助威。

　　心里只觉得暖暖的。

　　迈出一步，再一步；前进一点，又一点。

　　雨汐和萧凡早已在终点摇晃着手冲我大喊，所有人，都在为我加油，尽管我不是最后一个跑回去的，却没想到会有这样多的人为我鼓劲。

停下了，结束。

世界混沌一片，眼前的一切摇晃着，重影，模糊。

脚下软绵绵的，忽地重心不稳，向后倒去，我两手向两边伸去，想要找到所谓的"救命稻草"，却怎么也够不到身边的那个栏杆。

背后突然有一股力量，稳稳地将我托起，我只是闭着眼，不想管是谁撑着我，还能活命就行了。

监考老师催着女生离开考场点，雨汐挽起我的手，向外走去。

依稀之中好像瞥到了，是凝阳"救"了我，只是觉得我们关系太好了，连一句谢谢都没有对他说。

他的性格总是太好了，以至于让我认为，他为我做什么，都是理所应当的。

我凭什么，这样认为？

还未踏出隔离带，一把被班主任老金搂住了，在她的怀抱里，着实感到踏实。

那一刻眼泪竟夺眶而出，也不知为什么要哭，杂七杂八的感情一股脑儿涌了上来，没缘由地，觉得委屈极了。

毕竟，成长很痛。

到了男生组跑一千米的时候，雨汐激动地站在隔离带最前面，我挤过人群，默默站在她身边。

阳光照在我们的身上，突然释然了，解放了，也不知是什么原因，虽然真正的中考压轴大戏还没开始，却仿佛一场体考结束了一切。

发令枪响了。那一瞬，雨汐也不管不顾了，也忽视了身边站着的金老师，蹦跳着，脱口大喊：

"程晨，加油！！"

顿了几秒，程晨大概跑到了弯道处，此时距隔离带最近，雨汐呐喊：

"程晨，我爱你！！"

我被她的勇气深深折服，林雨汐，你一直没变，还是那个敢爱敢恨的女生，还是那个不在乎别人眼光的女生。

她一边目不转睛地盯着跑道，一边摇着我的手：

"黎玥！一起帮他们加油啊！！"

我不作声，心里却痒痒的，也想爽一把。

"就这一次啊！错过了就再没有机会了！你和骆一橙到底什么关系啊！"

我算尽了林雨汐各种盘问我的时间地点方式，却从未想过在这一分这一秒，她直截了当地提问我，果然没变，这也是你，不爱绕圈子说话的你。

"管他什么关系，黎玥，我告诉你，就这一次，把握好，想喊什么就喊出来，我看你要憋死了，释放一下啊！你……"

未等她话音落下，我打断了她，双手张在嘴边，冲着操场，使出洪荒之力，吼叫着：

"骆一橙——！！加油！！加油！！加油！！你永远是第一！！"

我怎么知道是什么关系，这一刻，我只能想到他，不管三七二十一，就是单纯地祝愿他，祝愿。反正都已经这样了，起哄声一浪高过一浪，我心里没鬼就好。

这么胡思乱想着，雨汐狠狠拽了我一把，我正要冲她嚷嚷，被她先抢了去：

"黎玥！你看你看！你家骆一橙！！超了这么多人！！现在在第一名呐！"

我回过神来，看向操场，又是鼻头一酸，想要落泪，好奇怪，我现在怎么如此多愁善感，我又不是"林妹妹"！

不愿在乎林雨汐话中的"你家骆一橙"，他跑第一才是最重要的事情。

我高兴地又喊了一声：

"骆一橙！我——我说什么来着！你就是第一名！"

其实还有想说的话未说，也许觉得时候未到，就留到以后吧，留给时间……

三五五全体成员圆满完成中考体育测试。

显示屏上出现了我的成绩，满意谈不上，失望更不算，心情很复杂。如果腿没有受伤的话，能够发挥出我真正的水平，才会有一个更无遗憾的成绩吧。

走出学校，乘上大巴车，看着窗外另一批同学来考试，感慨万千。

雨汐递给我一个士力架，我狼吞虎咽般吞进了肚子里，看着窗外的风景，大概是八点左右，太阳已完全升了起来，天边一片橙色，美极了。

这一天，新的一天，才刚刚开始。

坐车回到了学校，大家叽叽喳喳地走进班里，气氛异常活跃，最开心的是，以后再也，再也，再也不用体测了！

骆一橙走向我，问：

"腿疼？"

我吃了一惊，知道我腿痛的没有几个人，我压下惊讶，装作可怜巴巴的样子，嘴微张着，还不停地快速颤抖，带着哭腔：

"嗯……嗯……哇呜呜呜……"

骆一橙皱着眉俯视着我：

"演技差，胖墩墩，五音不全，跑不动，跳不远……"

我张着嘴大嚎，打断了他：

"哇呜哇呜……"

骆一橙毒舌无人能比，在下甘拜下风。

星期一又要进行座位左右平移了——一场恶战即将拉开帷幕。

左右移动对于我们这种坐在第一排的"绝佳"位置的孩子尤为重要，能够换到靠墙位置的机会特别难得！

因此，每次一到这时候，我就要开始和安柠一打架。金老师对于同桌之间互相换座是睁一只眼闭一只眼的，有了这一可乘之机，我当然要抢占靠墙的位置！

我将摊在地上的书包甩到桌子上，一堆书一股脑儿胡乱塞进桌洞里，两手费力地推着桌子，右脚勾着椅子，班里立刻发出了"刺啦——吱呀——"等一系列的刺耳声，同学们捂着耳朵，大喊着我的名字：

"黎玥！放过我们！我们还想活命！"

我不好意思地冲他们傻笑着，乐呵地继续拖着我的所有家当去"逃荒"。

桌子靠到墙的那一刻，我悬着的心落了地。哈哈哈！这周我可以"为所欲为"了！

看着安柠一还停留在原地手忙脚乱，地上堆了好多垃圾，我直起腰杆，拍拍双手。

切！跟我斗！

我拿着水瓶优哉游哉地走了出去，开开心心地去倒水。

向班里走去，脚迈进门，眼睛望向墙边的那个桌子，为什么感觉有些陌生，目光顺着桌子向上寻，坐在那里的是满脸堆笑的安柠一！！

我的桌子正歪扭七八地挨着他的桌子，我脸上的笑容凝固了，还等什么？！

"啪"的一声，手拍在桌子上，使出我的咆哮魔音：

"安柠一——！！从我的座位上滚开！谁允许你擅自换座！"

安柠一抱着肩看着我，依旧满脸堆笑。

我直接动手，把他的桌子一把拉开，把我的桌子靠墙摆放好，他连人带椅子被我一脚踹到旁边，他大惊失色，惊慌失措地抱着他的书包，说：

"黎玥……黎玥……过分！你怎么这样对你的鸡哥哥！"

我不理睬他，他不再念叨。

数学老师把我叫去抱作业本，我屁颠屁颠地就去了。

然而……当我回来时从一摞本子后探出头，看到的景象是——安柠一坐在我的位置上，不慌不忙地喝着水，我将本子放在讲台上，气急败坏地走了下来，一把揪开他的桌子，他早有准备，整个人趴在了桌上赖着不动，我怒吼了一句：

"安柠一！给老子起来！"

"干什么呢黎玥？！越来越过分了是不是？！体育考完了又不

是中考结束了！一个个的吵什么吵，我看你们这两天就坐不住了！男生没个男生样儿，女生没个女生样儿！黎玥！你站那儿干吗？！坐下！！"

金老师站在班级后面，冲着我大吼。我吓得一句话不敢说，慌慌张张地溜回了我的座位上，班里静得很。

哼！安柠一！再也不理你了！

一节数学课我都安安静静的，不说一句话。安柠一以为我生气了，下课铃声一响，他就起身离开了位置。

我坐在位置上静静地写着数学作业。

没一会儿，安柠一跑了回来，摇晃着我的肩：

"黎玥黎玥黎玥！"

"你叫谁'驴'？！"

（我的名字经他口，快速念出来，就好似在念"驴"）

"没有叫你'驴'，你看你看你看。"

他手心里捧着一个绿色的圆圆的东西，大小和杏差不多，他说：

"外面树上结的果子，我爬树上摘下来的，送你，别生气啦！"

"好的，乖儿子，我没有生气！"

"儿子？！你认这玩意儿当儿子？！好呀！太好了！你就是它妈妈了。"

本想对他说，那句话是冲他说的，看他那一副小孩子模样的高兴劲儿，我说：

"难不成你是它爸爸？"

他小鸡啄米似地点点头，眼里闪过一丝激动：

"行啊行啊！它就叫——嗯！小绿！"

我像看白痴一样看着他，无法忍受，嫌弃地否认他：

"小绿就小绿吧，我是爸爸，你是妈妈。"

他依然小鸡啄米似的点着头，伸出两根手指，轻轻抚摸着"小绿"的"身躯"，深情地说：

"小绿，以后妈妈一定好好待你，你爸爸他就是个不负责的臭男人！他不要我们了，妈妈就带着你生活！"

我摇着头看着安柠一，怎么看都不像一个被众多迷妹追捧，一口一个"男神"的形象。

没错，他俊俏的外表，细长的双腿和那对有着欧式双眼皮的大眼睛也拯救不了他如此幼稚的内心。

既然他想玩过家家，我就索性陪他玩下去吧。

我接着安柠一的话说：

"小绿宝贝儿，别听你那不靠谱的妈瞎叨叨，爸爸怎么就不负责了？"

我夺过小绿，放在手心上，也轻轻抚摸着，小绿的身上有一层薄薄的短短的毛，摸起来特别舒服。

我继续说着：

"小绿啊！你妈妈她不行啊，连个弟弟妹妹都不给你。"

我用余光瞟了一眼安柠一，他果然被激怒了，不高兴地站了起来：

"切！黎玥！你等着，我这就去生弟弟妹妹！"

"你去啊你去啊！有能耐你去啊！距离上课还有一分钟，快去快回啊！"

安柠一"噌"地一下就没影儿了，毕竟也是校运会上每次都跑第一名的"男神"啊。

我目不转睛地盯着小绿，总觉得光秃秃的好像缺点什么，咧嘴一笑，一个点子出来了！

拿起笔，将小绿按在桌上，我抚摸着它，说：

"乖啊小绿，爸爸帮你变个身！"

提笔三下两下，给它添了一个嘴巴和两只眼睛。

正满意地端详着我的杰作时，上课铃响了，安柠一突然出现在教室门口，我吃惊地看着他说：

"这么快？！你生一个孩子这么快？！"

安柠一扬着头不理我，将一堆绿色的不知名的像杏一样的圆滚滚的东西放在我的桌上，我向他展示我的杰作。

他突然变了表情：

"小绿！我的小绿！！怎么变成这样？！就知道和你爸在一起会变丑！也是，遗传了你爸的基因！唉！可怜的孩子！"

我不服气地说：

"丑什么丑？！明明遗传了我的帅气！你行你来啊！"

安柠一也许就在等我这句话，撸起袖子，抢过我的笔，拿起一个绿色的小玩意儿，向我挑衅：

"这个叫大绿，记住了，是遗传我的优秀基因！让你见证一下21世纪著名画家安柠一——艺名鸡哥哥的大作！"

我不在乎地撇撇嘴，转过头去听课，留他一人低着头捣鼓遗传了他的基因的大绿。

将近十分钟过去了，我一扭头，大绿被扔在桌上，安柠一正靠在墙上睡得昏天黑地，日月无光。

我嫌弃地看着他，拿起桌上的大绿，瞅了一眼——眼睛一大一小，鼻子歪在一边，嘴巴大得可怕，像是要把人吞下去，还有两个大得不着边际的耳朵。

安柠一，你说得对，是遗传了你的基因。

我拿起其他四个绿色的小团子，添了鼻子嘴巴和眼睛，果然好看多了，还是遗传我的基因好！

这时候，安柠一吧唧着嘴起来了，看我一直盯着他，他笑笑，说：

"生孩子累了嘛，没办法，总是困，孩子他爸你得体谅我。"

我含糊地点点头：

"你说得都对，你说得都对！"

安柠一高兴地看着他二十分钟前"生"的"孩子们"，乐呵着对我说：

"黎玥！你说我们怎么分得清谁是老大，谁是老二啊！"

我歪着头思考着，他突然一拍脑门，说：

"标号啊！"

他在画了五官的背面，给大绿写上"大"，小绿写上"小"，其他标上"二""三""四""五"，捧起一堆绿色的圆团儿，说：

"宝贝儿们，来，大绿、小二绿、小……三绿、小四绿，小五绿，还有小小绿，给爸爸问好噢！"

我看着安柠一，还有他手里的一团绿，耳畔还是他给他这群宝贝儿起的好听到家的名字。

这个世界为什么会有这种奇葩？

过家家的成员又逐渐壮大了起来。

我的粉色水瓶被成功视为我和安柠一的乖女儿"小粉"，安柠一的绿色水瓶被成功视为我和安柠一的乖儿子"小大绿"。

我真的不明白为什么安柠一有这么多绿色的东西。

后来，又加入了——人。

凝阳心甘情愿地成为安柠一的"乖儿子"，安柠一想叫亲切地称呼凝阳"绿绿"，被凝阳追着屁股绕操场跑了三圈，然后按在地上打了一顿，安柠一才放弃叫凝阳"绿绿"的想法。

老黑是班里肤色最黑的那个，他尤其和安柠一关系好，也演变成了他的"乖儿子"。

安柠一固执，要亲切地称呼老黑"绿绿"，被老黑扛在肩上绕着操场跑了三圈，颠得他恶心了一整天，最后，他自己的脸色发了绿，我们推测，应该是太喜欢"绿色"的原因。

又后来，安柠一一时性起，收了一堆粉笔头作为孩子，在这群高高矮矮的白色粉笔上画满了眼睛鼻子嘴巴，如果是儿子，还外加一团卷卷的头发，如果是女儿，外加两根翘翘的马尾辫。

安柠一不再忠于"绿绿"这一称号，开始呼唤"大白脸""二白脸""三白脸"……自然，有一个特别可怜的儿子，被他称为"小白脸"。

白白兄弟姐妹寿命不长，没过几节课就被他们可亲可敬的兄长老黑悄悄地"抱"去，用打火机烧了头发，粉笔顶端一片黑，丑到极致，最终被当作武器互相抛了起来。

结果是我们被金老师骂了一顿，安柠一和我被罚做一天值日。

归其原因，还是我们"教子无方"，老黑该打，烧了他的白白兄弟姐妹们，于是我和安柠一商量好了，下课就好好地"教育"老黑。

于是老黑那一整天，下课后屁股就没有挨着座位，东蹿西跳，满校园乱跑。

再后来，上课的时候，安柠一手里拿着大绿搓来搓去，手感极好。

突然就搓出一道缝来，大绿裂了个口子，里面的汁液些许渗出，黏糊的手到处抓，我连忙靠向一边，生怕安柠一抓到我。

他到处借纸，借了一会儿，发现没有人借给他，他不再到处抓，自己安安静静地坐在那里，干脆"放弃治疗"，为他心爱的"大绿"脱"衣服"。

我看着他只想笑，却又不敢笑，手捂着嘴，埋着头，整个身子颤抖着，憋笑也是一种境界。

"黎玥黎玥黎玥，你看，咱儿子脱了衣服就是一个棕色的壳。"

我看着安柠一手里棕色的壳，又看看安柠一"绿色"的手，满脸嫌弃，不理睬他。

然后……

三五五班第一排的两个人，头靠在一起，手里拿着几个绿色的杏一样的东西，费力地扣着绿皮，往下掰扯。

桌子上零零散散放着六个棕色的壳，旁边堆着一坨绿色的黏黏的厚厚的果肉。

我掏出我的湿纸巾，在安柠一眼前晃了一下，捏着兰花指，取出一张，又在他眼前晃了一圈，放在我的鼻子下，深吸了一口气，陶醉地说：

"哇哦！好香啊！还是湿的呢！可是只有长得好看的人才配使用！真是没有办法。"

安柠一可怜兮兮地盯着我，看着我手里拿着湿巾享受地擦拭着，他傲娇地"哼"了一声，不理我，自己一人对着桌子上的六个棕壳发呆。

没多久，他弯着腰，不知在干什么，我皱着眉，他突然猛地坐起来，手里拿着那个棕壳——壳已经被砸开，里面露出了白色的瓢，是杏仁状的东西，我不可思议地瞪大眼睛看着他，大喊了一句：

"儿子！我的儿子！"

忽地，感觉些许不对劲，大家齐刷刷地都看向了我，还有老师的眼神——现在是上课时间，我竟忘记了。

老师摇摇头说：

"黎玥，我就知道是你，女孩子家家，我什么时候才能看见一个文静的黎玥呢，唉！"

"下辈子吧。"

老师话音刚落，就听到一个声音，说的话让我想吐血，不服气地循声望去。

呵，骆一橙！

他正高冷地坐在那里，抱着肩，不屑地看着我。

他今天是吃了枪药了嘛？怎么从早上开始就怼我！还是我把他想得太美好了！他一直都是这样的，哼！

最后……

我们从开始的"儿女满堂"，到最后，我们的白白兄弟姐妹族被老黑烧了，并被我和安柠一扔了满地，绿绿兄弟姐妹家族已经不能被称为绿绿了，经历了蜕变以后，他们成功变身乳白色杏仁，虽然不知道我们这一天干了什么，但起码知道了，原来没熟的杏是绿色的，里面是棕色的核，核里是乳白色的杏仁，软软的，一碰就散架。

又一次模考终于结束了，因为平常的大小考太过频繁，似乎对于模考也没什么可紧张的了，只不过是换个班级继续答初中三年学过的问题罢了。

诚信考场设在另一个校区。分校就与主校隔了一条马路，而分校的另一边，隔一条马路的位置是一所职中，整个学校的"社会"气息十足，以前在分校上初二的时候，总听着金老师叨叨：

"努力不努力的结果，就看中考之后是隔壁的哪所学校来迎接你们诸位'大爷'了。"

话音刚落，班里笑成了一团，现在想想，道理确实如此，只是当初太天真，总想着中考还远。

诚信考场设在分校的实验室里，只接收两百名学生，其实就是一千八百多人中的前二百名，而一共三十二个班，两百个人平均开来，每个班也没几个人，也就没多少熟人，更何况都是"学神"级别的人，谁愿意浪费时间认识人，交朋友呢。

每到考试结束的时候，就没有人和我一起回家了，独自一人拖着步子，慢吞吞地走在长廊里，迎面而来的是个熟悉的身影，是骆一橙，我假装没有看到他，自顾自低头继续慢吞吞走着。骆一橙是大神级别的人物，而我，自从知道自己有高中可上了，已经好久没有坐在书桌前挑灯夜读，再碰上他，和他说上几句话，负罪感和自卑感会弥漫我整个内心的。所以，综上所述，果断远离。

"站住。"

冷冷的一声砸在了我的头上，我忧伤地停下了脚步。

"看见我不打招呼。嗯？"

我的表情扭曲成一团，糟了，怎么搭话啊。我绞尽脑汁思考着。

他从我身边走过，走出去几步，停了下来，回头看着我，尽管是背对着他，但我还是能感觉到他的眼神似针一般。

"不走？"

我转过身来，怔怔地看着他。

"我让你停着你就停着不动了啊？说你白痴你又不开心，那边出得去吗？门锁着你看不见吗？"

"那你还不是向那边走，又返回的嘛！"

我低声嘟囔着。

他皱着眉，一伸手，抓到了我的书包带，"拎"着我往前走。

我一步三个踉跄地前行着，挣扎着朝他吼：

"哼！你没考好还把气儿撒我身上？！过分！高冷什么啊高冷，冻死你！你走得慢点行不行！"

他突然停了下来，转过身，我没有站住脚，一头撞进了他的怀里。

我皱着眉，不高兴地站稳脚跟，正准备和他理论，没想被他抢了话头。

"我没考好？哼。小短腿！"

我被他气得一肚子话全都憋了回去。

不理睬他，直接忽视他向前走去，一面走，一面整理着书包和碎发。

他三两步就追上了我，走在我旁边。

一句话都不说。

走出了长廊，感觉这段距离漫长得很，像是走了一整天。

我仰着头，咬了咬下嘴唇，不服气地冲他说了一声生硬的"再见"，就分开了。

手机响了一声，我拿起来一看，是他的消息：

"手机掉地上摔了。"

"看见啦！你在空间里发的那个图片。很符合你的气质。"

骆一橙的手机右侧屏幕上显示一长道黑黑的东西，就像以前的旧电视屏幕一样，特别搞笑。

"嗯？"

"我说那个屏幕符合你的气质！"

"哦。"

"你真是话题终结者。"

"我少说话。"

"随你随你。"

几分钟后，骆一橙又发过来一条消息。

"我手机老是乱动。"

"乱动？！难不成它会从地上爬到你床上？！妈耶！！"

"右面的 p 键打不了，说句话特费劲。"

"你就是苹果界的一股清流。算了反正你有钱，随便换个七，不然换个八、九、十给我们见识见识！"

"你发这么多句话，是在嘲讽我吗。"

"这都被你发现了，真是不好意思嘎嘎嘎。"

骆一橙不作声了。

切！和我比口才！

"你来 D 老师这里补历史吗？"

"骆一橙，你上课还玩手机的吗？"

"怎么了？"

正当我琢磨要回复些什么内容的时候，手机响了一下，退出对话框，是林雨汐发来的照片，我点开一瞧，好家伙！这个雨汐！给我发来了骆一橙的照片！在 D 老师那里补课的学生，光是我们班的，就有二十多个，一群熟悉的哥们姐妹们聚在一起，还怎么能静下心来听课啊！

我回复雨汐几个"皱眉"的表情，将那张照片转给了骆一橙，说：

"哈哈哈！被偷拍了吧！哈哈哈！"

"无聊。"

我完全不能理解，像骆一橙这样的人，是怎么活在这个世界上的，好像让他多说一句话就能要了他的命似的。

我果然还是去补课了，去 D 老师那里补课，为了让我的补课更高效，我直接去上了只有三个人的小课。

然而落单了却倍感寂寞。

骆一橙发来许多张照片，他的姐夫求婚成功了，他的姐姐今年暑假就要结婚了，结婚地点就定在了乌鲁木齐。

既然都说到了暑假，哪有不憧憬一下的。

"骆一橙，你放假有没有特别想干的？"

"当然忙我姐的婚礼呗！乌鲁木齐、天津、北京和小城来回辗转呗！"

"嗯……"

只是单纯地想知道他毕业后暑假的计划，这一个"知道"，就不单纯了。

（二）

练了两个多月的物理和化学实验考试，终于也来了。

5月20日星期六早上八点，再一次与凝阳一起，骑着单车向学校去了，这一次是中考的实验考试，多多少少也算在中考总分里，依旧紧张，依旧不知所措。

单车停在校园里，老远就看到了林雨汐和程晨，两人拉着手，微笑着向我招手，我撒丫子跑过去，钻进雨汐的怀抱里，程晨不满地看着我，我冲他吐着舌头：

"哼！什么眼神！林雨汐是我的！"

程晨不说话，白了我一眼。

凝阳也追了上来，我们四个向实验楼走去，穿过操场，扑面而来的阳光带着淡淡的温暖气息。

但是……

进了实验楼，突然就变味儿了。浓浓的紧张气氛包裹了全身，找到了老金后，与班集体会面，上午先是几百个人考试，坐在会议厅里，大家挤成一团，神经紧张地听着老师念自己的名字和组别，一共就两个组，一个组考化学实验，一个组考物理实验。

"黎玥，化学。"

恍惚地站了起来，茫然地走向考化学实验的队列，抽了一张条，深吸一口气，打开一看，是关于"高锰酸钾制氧气"的实验。

每个人抽到的实验都不一样，坐在候场厅里百无聊赖着，拿出手机将我要考的实验看了好几遍，却怎么也集中不了注意力。

那天也好似做梦一样，记不清全部过程，片断的回忆一个个蹦了出来。

监考老师叫到了我的名字，我拿着准考证走进考场里，每一个老师看两个同学做实验并打分。

我坐在相应的位置上，冲老师笑了一下，僵硬而又紧张的笑今天仍清晰记得，感觉自己很滑稽。

开考铃声一响起，我的心也提到了嗓子眼，将长长的纸条从中间一折为二，伸入瓶内，取出了部分高锰酸钾，手不知怎么抖得厉害，就好像得了帕金森的病人一样，不能控制自己。

老师假装没有看见我的抖动，只是皱了皱眉头，我哪知这抖动还会把高锰酸钾抖出来，抖到了手上。

高锰酸钾本是固体，到我手上后，几秒钟的时间就变成了露珠样子，再后来，彻底变成了液体，黏在了我手上，整个右手手心和食指都变成了紫黑色，很是吓人。

我沉住气接着做实验：检查装置气密性，调整铁架台，摆放酒精灯……

总算在十分钟内提前完成了实验，老师笑了笑，我顿感心里的那块石头落地了，她压低声音说：

"做得不错！一中的学生实验几乎都是满分！"

我高兴地说：

"谢谢老师！"

她将手指放在嘴唇前，悄悄说：

"嘘——评分老师和学生之间是不可以有太多交流的。"

我点点头，笑了笑。

停止考试的铃声响起的那一刻，又是一种解脱的感觉，以后再也不用练习实验了！

和雨汐会了面，像早上那样，又是一个大大的拥抱，我们开心地笑着，凝阳和程晨也走了出来。

四人走出了实验楼，站在操场上，阳光的味道又溢上了心头，举起手机，我们看着镜头，露出了灿烂的笑容，我微微歪着头，凝阳的手指轻轻一触，那一刻，永远定格，也永远成为回忆——一辈子就这样一次的回忆。

程晨和雨汐要去甘茶度享受二人的"美好时光"，我和凝阳还是很识趣的，当然不会打扰二位的雅兴，我们俩推着单车，从校园慢悠悠地走了出来。

　　学校出来后的马路边上，本是自行车道，却停满了车，歪七扭八地占着道路，我都为这些所谓的有钱人家的"高修养"所羞愧，不过，这个年代，随处停车也不是什么过分的事了，况且这些也不归我们管，就算想管也管不了。

　　没有办法，我只得从马路中央骑车经过，每天上下学都这样，也就习惯了。

　　我就这么边想着心事边骑着山地车，正要到十字路口，毫无防备地看见一辆三轮车，正逆行着"吱吱呀呀"地以极快的速度朝我驶来。

　　我当即愣住了，尚未做出任何反应，就那么一瞬间，"咣叽"一声，我已经趴在地上了，没有任何意识。

　　其实一瞬间很漫长，当时三轮车忽地撞到了我自行车的扶把，就听着凝阳惊慌失措地吼了一声我的名字，我被往后带了一段距离，这时候重心不稳，一下子向左歪斜，倒了下去，倒的时候，大腿先是撞到了我的脚蹬上，脚蹬上有无数的小齿轮，大腿疼得要命，下意识地用手去摸，慌乱之中，左手先着地了，手上的皮肤与地面来了个亲密接触，然后是我整条粗壮的腿，接着，就是我庞大的身体都倒了下来，我咬紧牙关忍着眼泪，耳边是三轮车急速刹车时车轱辘与地面刺耳的摩擦声，地上留下黑黑的几道印记，还有凝阳的大喊声，以及好多汽车里探出的脑袋，让我想起了鲁迅先生的《祝福》中那些个

"看客"的冷漠无情，顿感自己特别委屈，却不想表现出来，怕那些"看客"的同情夹杂着嘲笑，就像看动物园里的大猩猩一样指手画脚一番。

三轮车上的男人走了过来，操着一口方言对我嚷着，大体就是我不按交通规则，随便在机动车道上骑车，言语激动，激动就要有些不太友善的词语蹦出来。

当然，咱不能怂，是不是？我的性格比较暴躁，凝阳是知道的，他拉着我的胳膊，扶起我的单车，扯着我，小声说着：

"黎玥，快走！我们快走！"

我一下子甩开了他的手，永远都是这么唯唯诺诺！发生什么事都要往后躲！从来都是我替你做主，你什么时候才能摆脱你妈妈的怀抱长大成人？！

当然我肯定是不会对着他说出这话来，理智还是有的。

我插着腰，毫不示弱地指着那个男人吼了回去：

"谁不守交通规则？是谁逆行？谁骑着个破三轮比汽车开得都快？明明错的是你还敢对我大呼小叫？"

他的脸色有些变化，却是很微妙的。大概他没想到我这么嚣张吧，可他又不想丢了面子，抱着胳膊，两脚站稳，看来是准备要来一场持久战了，此地不宜久留，得尽快脱身！

没等他开口，我又提高嗓门，尖尖的声音先响了起来：

"你要是识相点，就赶紧骑着你心爱的小三轮滚远点，别让我瞅见你！否则撞到我摔伤的医药费还得你负责呢！"

说罢我跨上单车，带着凝阳一溜烟跑了。

说话的时候我一直抑制着自己，不让颤抖的声音蹦出来，虽然壮着胆子对他吼了那么几句，但我也不是那种"社会"的人啊，如果真的惹毛了他，我也不知道该怎么收场了。

天哪！年轻就是好啊！现在想想，再给我一百个胆子我也不敢对着一个不了解背景的人吼出那么一长串"社会"的话。

社会归社会，浑身疼才是真的。

回到家里，妈妈看着我的狼狈样，我一五一十地交代了一切。

妈妈害怕极了，觉得这样太危险了，非要说开车送我上学，我才不要在每天的生活中缺少上下学骑车的乐趣啊，果断拒绝并保证好好注意安全，顺便保证了一番好好学习之类的套路，这些个东西早就熟记于心了，小意思！

看着自己的双手，左手被擦起了皮，流了一点血，右手是深深的紫黑色，啧，心疼我自己一番，那今天就不学习了吧。

这么自我安慰着，打开了手机，看起了电视剧，好的，就放纵一下，就看一会会儿。

一会会儿其实也就是一会会儿——就是从中午到晚上的距离。

一生一世，兜兜转转，值得高兴的事情总也比那些难过的事记得清楚，随着时间的冲刷与洗礼，往往只会留下那些愉快的记忆。

如果因为世间的一些纷纷扰扰就影响了自己的生活，岂不是得不偿失？活得更洒脱帅气，才是真我。

妈妈说，要对身边的人心存感恩，无论他的长相如何，无论他的人品性格怎样，他都是世间的一分子，遇见即是缘分，何况世界这么大，多一个你，少一个我，太阳仍会东升西落，毫无变化。

彼此之间，谁是谁的谁？

时间飞快，今天是5月25号星期四，信息技术的考试设在今天下午，心情仍旧不能平复，紧张挥之不去。

坐在教室里，抬头望着窗外，枝丫上抽出了新叶，北方的小城，春天总是来得很晚，此时终于可以脱下笨重的棉服，只穿着春季校服，晃来晃去，再爱美一点的，早已扔开了秋裤，挽起了裤脚。

本是万物复苏的季节，此刻却没有心情享受春光，只剩怦怦心跳。

还没有把信息技术要考的题目完全做一遍，就要上考场了，正如还未练过枪，就要端着它上战场了，这不是赤裸裸地送死了嘛！

下了第一节课，雨汐拿着一沓纸、剪刀、胶棒走了过来，要求和安柠一换座位，也不知她搞什么名堂，我疑惑地看着她。

安柠一偏偏不要换座位，他用委屈的眼神盯着我，我被盯得起了一身鸡皮疙瘩，只得先同意他不换位，再想对策。

我冲他不耐烦地挥挥手：

"成成成！不换不换不换！"

我给雨汐使了个眼色，雨汐嫌弃地瞟了他一眼：

"安柠一！我走了！你别后悔！哼！"

雨汐傲娇地走开了，安柠一以胜利的姿态冲着我傻笑，那种看了就想给他来一拳的傻笑。

他抱着他的绿水瓶，扭着屁股，嘚瑟地扭了出去。

目送他走远，我扬着头不屑地"切"了一声。

我拿出水瓶，拧开盖子正要喝，脑海中突然浮现出一计来，我抿着嘴笑着，哈哈！安柠一！让你再整我！这次轮到你受伤了！

我将水瓶一斜，水珠从瓶内滚出，一颗、两颗……将要掉落在安柠一的椅子上，触碰到椅子面，瞬间由饱满的一颗散了开来，向周围扩散，溅落的水滴似花一般绽放着，在阳光下显得晶莹纯洁。

只几滴，蔓延到椅子的四周，椅子面上覆盖了一层薄薄的纯净水，椅子面看上去干净极了。

安柠一扭着屁股回来了，他冲我邪魅地笑了一下，凑到我面前，神神秘秘地说：

"知道吗黎玥！刚刚一个妹子和我要 QQ 号！你说怎么办！我也很烦啊，真的，为什么你鸡哥哥就这么帅呢！"

我一边淡定地喝着水，一面观察着他的动作：

"还妹子呢！你把韩小小放到哪里？"

安柠一愣了一下，耸耸肩：

"我们俩早就分了。"

"……"

这次不意外了，我不知道也情有可原，毕竟自从与雨汐和好以后，与韩小小在一起的时间也减少了。

正瞎想着，安柠一一屁股坐了下去，我眼睁睁地看着他那样从容地在凳子上坐了好一阵子，还没有任何反应。

这下轮我凑到他面前了：

"鸡哥哥，你……没有什么奇特的感受吗？"

我的双手在空中挥舞着，侧着脸挑着眉，眼里充满了疑问。

话音刚落，只听得一声"嗷"！安柠一从椅子上跳了起来，捂着屁股，上蹿下跳，就像屁股着火了一样——其实性质也差不多，毕竟天气不是多么热，估计坐上去挺爽快的。

他指着我的鼻子，眼泪汪汪地吼着：

"黎玥！你竟是这样的人！我看透你了！！哼！！"

我摇晃着脑袋，装无辜样：

"我怎么了啊？！我不知道你在说什么呢！"

安柠一嘟着嘴气冲冲地跑向他的"好基友",看都没看,坐在了他好基友的旁边位置——正是雨汐的座位。

雨汐高兴地攥着手里的东西,冲我这边走了过来,一屁股坐在了安柠一的位置上,时间刚刚好,上课铃《致爱丽丝》及时响了起来,真是天助我也!

政治老师拿着五本政治书走了进来,安柠一"腾"地站了起来,政治老师皱着眉瞅着他,说:

"这位同学,赶紧坐下!干什么呢!"

安柠一气冲冲地瞪着我,还冲我翻白眼,我转过身去,看着他,吐了吐舌头,他没好气地站着。

政治老师把他当作空气,打开书,说:

"我们今天复习八年级上册的内容,这部分在中考中占的比例大概是……"

林雨汐悄悄地对我说:

"我们开工吧!"

我丈二和尚摸不着头脑:

"还没问你呢!我们要干什么啊?!"

"你的电脑考试准备好了吗?"

"还用说嘛!肯定没有啊!现在心慌慌啊!"

"看看这些!我都缩印了!"

我恍然大悟:

"哦哦,懂了宝贝。开工吧!要我做什么?"

"把这三个题剪下来,然后我只打印了一面嘛。"

"两个题粘一起呗!正反呗!"

"嗯嗯嗯!"

就这样，二话不说，我们开工了。

尽管是为了信息技术的分数，我还是有些担忧我的政治：

"林雨汐，你说。不听政治课会不会不太好，万一误了什么内容怎么行啊？"

"没事没事！我有笔记，别忘了，我在 D 老师那里上课，咱们政治老师也在那里补课，补习班讲的全是上课的内容，不用担心了！"

我点点头。

用了整整一节课的时间，我和雨汐总算剪贴完了所有题，我们俩商量着一人手里拿七八张，到时候坐一起就可以互相帮助了，毕竟计算机考试的监考并没有特别严格。

听起来一切都很完美。

下午的计算机考试就这么来了。

我们站好队伍，排着队走向分校考场。穿过一中主校的郁郁葱葱，穿过与分校隔着的小路，穿过分校的操场，又一次站在了上次考试的实验楼里。

心脏"扑通扑通"地跳着，雨汐抓着我因紧张而冰冷的手，她的手也哆嗦着，笑着对我说：

"都到了第三场考试了，还这么紧张。本来以为会适应熟悉的。"

"毕竟是中考嘛，有点慌正常哎。"

程晨走了过来，拍拍林雨汐的脑袋：

"不紧张不紧张！我在！"

我不服气地看着他们俩，晃着脑袋：

"切切切切切！啧啧啧啧啧！"

程晨高傲地瞥了我一眼，又去和雨汐腻歪了。

我站在一旁，靠在墙上，调整着呼吸，刚好没人打扰。

这不，打扰的人说来就来了。

"怎么样？"

骆一橙站在我面前，低着头问我。

"还好。"

"紧张的话就想想我。"

"扑哧！哈哈哈！想你？有用吗？"

"怎么没用。想想我多无趣，你就不紧张了。"

骆一橙一脸严肃地说着，我笑得前仰后合。

骆一橙，你确实很有自知之明啊！

但经他这么一逗，我好像轻松多了，感觉气氛也不是那么压抑了。

凝阳走了过来，张了张嘴，却又什么都没说，抬脚向前走去。

我从骆一橙挡着的身后，探出头来：

"凝阳，加油！考完试等我哈！我妈今天同意我迟点回家，我要吃烤冷面！"

凝阳惊喜地停下了脚步，点点头，说：

"黎玥！你也要加油！你最棒！"

我笑着点点头，却发现看不见他了，被骆一橙衣服上大大的三个字母 BOY 挡着了视线。

我不满地抬起头，他的头低得很，我被吓了一大跳，下意识地往后退了一步，却忘记了自己靠着墙。

我整个身子贴着墙，骆一橙却还不罢休，又靠近了一些，他邪魅地看着我，我害怕地缩在墙角，竟不敢看他的眼睛，眼神躲躲闪闪，慌乱中瞟到了他的嘴角，坏笑着。

他忽然又凑近了，我扭过头去，面朝着一旁，他对着我的耳朵呼着气说：

"以后我和你说话的时候，不许和别人说话！"

我不满地嘟囔着：

"凭什么！"

"嗯？"

"没有没有没有……"

这时老师叫我们进考场，也算是抓到救命稻草了。

我仍然不看着他，只是说：

"要考试了。"

他走开了。

大家都看着我们，兴许是感受到了异样的八卦的眼神，很是窘迫不堪。

我摇摇头，现在确实是不紧张了，但是不知怎的，就是不能平静下来。

其实，好久以后，我回想那一刻，心里仿佛经历了一场海啸，好似船抵礁石，惊涛骇浪。

考试可以自由选电脑，我当然和雨汐坐到了一排。

可是，意想不到的是，我坐的位置，那台电脑刚刚好是坏的，不能进行考试。

监考老师特别凶，走过来就冲着我嚷嚷：

"不知道这台电脑不能用吗？到前面去！"

我一时间愣在那里，不敢说话，也不敢动。

金老师走过来，对我说：

"走吧，这里不能考试。这个电脑不能用。"

我被安排到了机房第一排，第一排一个人都没有，同学们都选择了后面的位置，我开始有些心慌意乱了。

这时，听到了踩着地板靠近我身边的脚步声，我转过头去，是雨汐！悬着的心一下子就落下来了。

后来才知道，是雨汐和金老师考虑到我一个人坐在第一排，又因为老师凶我的缘故，心里一定特别慌，需要一个人陪。

然而一切没有那么顺利。

监考老师看到了雨汐，又冲着雨汐喊：

"来了以后坐到哪里就是哪里，回去！你以为干什么呢！这是中考！谁让你随便走动的！不遵守考场纪律的话我有权利给你打零分！中考总分少十分，你想想是个什么概念！"

雨汐瞪了老师一眼，小声对我说：

"凶什么凶！不就是换一个位置嘛！"

尽管我不想让雨汐走，但还是戳了戳她的胳膊：

"赶紧走！万一真扣分了呢！"

她见我态度明确，也只能回去了，走的时候不忘对我说：

"加油！"

我努力挤出一个笑容，放心，雨汐，你也要加油。

考试的铃声拉响了，遇到的刚好是之前练过的题，尽管没有十足的把握，但大致的步骤还是知道的。

也不知是不是因为考试前太多的事影响了我，考试时总是不能集中注意力，刚刚被老师批评的场景在脑海里不断地循环播放，考试的心态真的是特别重要的。

考试刚过了十四五分钟，同学们就已开始陆陆续续提交答案并走出了考场，我虽然一直提醒着自己不要慌，心平气和，却仍然输给了自己的心态，我真的慌了。

还剩两分钟，大部分都做完了，然而就是有一个地方，总是调不对，雨汐交了卷，走到前面登记完毕，走到我面前，问我有什么要帮忙的，我招招手，让她走，万一算她作弊怎么办！

程晨也做完了，偷偷趁老师不注意，悄悄地用唇语问我：

"哪里不会，快说！我帮你！"

我皱着眉头，慌乱地说了几句不需要帮助之类的。

凝阳早早做完了，站在教室的门口，抓着衣角，走来走去，不时看向我这边。

骆一橙也做完了，看了我一眼，我招招手，示意他们都不要过来，可他们让我感动得很，都拥了过来。

当时，其实已经知道我自己只能做到这个程度了，也不求什么改变了。只是看着他们围着我一圈，眉飞色舞地指指点点，替我着急着。监考老师蹬着恨天高，"嗒嗒嗒"地走过来，把他们一个个都往教室外赶，推推搡搡。

我一狠心，反正也开始倒计时了，不会就是不会了，点击"提交"，成绩计算中……

我双手交叉着放在胸前，手凉得很，如坐针毡地等待着成绩。

"八分。"

我走出考场对雨汐、金老师以及帮了我的朋友们说。

雨汐的眼眶一下就红了，眼泪掉了出来：

"都怪我都怪我！"

"不怪你！为什么怪你啊！不哭了好不好！"

"黎玥，怎么办怎么办……"

看着雨汐的眼泪唰唰落下，我的心也一揪，本就因丢掉两分而心烦意乱，雨汐的自责更让我承受不住，她抽泣着抓着我的手，也不看我，只是盯着远方：

"黎玥，记住了，是我欠你的。"

"没有关系，又不是你的过错，是我自己没准备好。"

"别这么说黎玥，求求你……是我的错，欠你一辈子……"

"好，一辈子！那我要你用一辈子还我。"

"那我们这一生不能分开，你不许离开我，否则我怎么偿还你？"

我点点头，看着雨汐的眼睛，红红的，甚是楚楚动人，我忍着不哭出来，装出一副不在乎自己分数的样子，努力让雨汐相信我真的不在乎，我没有关系。

与雨汐分开，也没有去找凝阳，一个人走在春天傍晚的路上，花香淡淡，天空墨蓝，汽车从身边飞驰而过，只剩我一人，在灯火阑珊处，路中央的分岔口，左右犹豫着。看着一只白色的流浪狗，叼着一只破鞋子从我面前走了过去，然后，又剩我一人，仿佛立在全世界的中央，一动不动。

总算是坚持不住了，蹲下来，头埋在两臂之间，泪水溢出眼眶。

哭，似乎是懦弱的表现，每次我都咬着下嘴唇，咬紧牙关，努力将泪水憋回去。压抑的感觉很难受，想发泄，却又不敢让眼泪肆意地流出来。

那天，我不知道什么时候回到了家，我不知道如何踏进家门，我不知道，我不知道！

回望灯依旧

（一）

时间在无情地奔向远方，生命似乎也显得渺小，生死之间或许只是眼睛的一睁一闭，我们从来无法探求，这个世上到底有没有魂灵，就正如外星人一样，存在，抑或是不存在，谁可知晓。

喜欢《摆渡人》里描述的世界，或许只是因为，那正是我所向往的生死界限，在那里会有一个摆渡人，尽职尽责地将我们带进天堂，但这需要艰辛的长途跋涉，有些人意志不坚，就永远地消失了，有些人真正抵达了天堂，与家人会面，似从前般过上平静的生活，还有，还有一个人，她不甘心，她不屈服，她一定要让自己的名字在天堂的花名册上消失，回到真实的世界里。

若世界真的是这样，我愿做后者，重回人间。

至少，我还没有在这个世界玩够。

今天是6月1日星期四，儿童节，距中考还有二十天，程晨每天早上在讲台上更换计时卡。百日誓师时挂的牌子上已微微蒙了一层灰尘，程晨拿着抹布一抬手，拭去了时间留下的痕迹。

"我原以为我承认化学导学案是我的他会还给我。"

"哪知道他会那样。"

"当我承认的时候，他真的翻脸了。"

"他可能最受不了有人欺骗他。"

"当然一切都是我自己的问题，我不在他的课上写别的科目作业，他也不会没收。"

"也不会有后来的一切事情了。"

"对不起，汐。"

"或许我真的蛮自私。"

"我从来没想过，他所说的，我拉着你陪我每节课跑到五楼去要书，想对策骗老师，全都在害你。"

"仔细想想也不无道理，咱俩是闺蜜，我应该学会尊重你的生活，你的想法，你的一切。"

"这样我才会活得心安理得。"

"我知道你现在一定不会怪我，但是，我还是希望，十年后，你仍然不会怪我当初耽误了你的前途。"

"我是真的爱你，我们要一起加油，我以后一定不会随意浪费你的时间了。"

"至少，让我做到问心无愧。"

深夜，总是思绪万千。从窗外，对面楼层的灯一盏盏亮起，再到灭去，只留下伸手不见五指的漆黑，给汐发了好多的信息，大概这是最让我难过内疚的一件事了。

大家都是夜猫子，青春的时候，总是有好多好多的事堵在心口，挤在脑中，难以入眠。

雨汐给了我回复，手机也被她刷屏了，带着惆怅打开消息。

"死鬼啊！认识你这么久，第一次发现你这么傻啊。"

"我那会儿那样说，不是责怪你承认，是因为我没帮你把练习册要回来也挺不好意思的。"

"我真的没有觉得你是在害我啊，而且我也没有占用我的学习时间陪你啊，对不对啊傻瓜。"

"你知道咱俩的性格是一样的，现在的我，也恰如当时刚考完计算机的你，我不会怪你的，真的真的不会。"

"不论是现在，二十天后，三年后，甚至十年后，都不会。"

"因为我知道你是爱我的，我也是真的爱你，傻瓜。"

"假如说十年后，我真的落魄不堪，我再去找你，你会管我吗？"

"我相信答案一定是'会'。"

"即使最终结果不尽如人意，但我相信我们永远都不会放弃的，我们的未来也会是光明的。"

"我其实很庆幸，这件事真的让咱们活得像小说里一样。"

"我爱你，无条件地爱你，甚至超过爱我自己。"

"因为有些时候我真的觉得我们俩就是同一个人。"

"我们在彼此的心里都是最好的。"

"今天的事你没必要难过，其实我们该珍惜，永远记得它，这让我们的青春疯狂。"

"我不要你改变，哪怕有一点不同，那都不是我的胖玥。"

"好好睡一觉，什么都会过去。"

"当一切的风浪过去，一切恢复平静，你还有我。"

"哪怕有一天，你一无所有，至少你还有我。"

"哪怕有一天我失去一切，至少，我有你，至少，我知道，无论怎样，你都不会走。"

关上手机的那刻，泪雨滂沱。

回想今早。

上语文课的时候，坐不住也耐不住性子的我，拿出了化学导学案练习册，操起笔心无旁骛地做起了化学题。

到此为止，我在语文课上被没收的练习册科目已达到五科，我可爱的同学们都认真地告诉我，集齐七科可以召唤神龙，我也郑重其事地点点头，极其肯定地说：

"好！我会努力的！"

隐约间听到语文老师说要讲卷子，也不知道是什么卷子，我好像没有那玩意儿，不管了，埋头做题吧。

"最近完成作业情况特别不好，好多同学开始不写作业了，是不是咱们班有搅屎棍啊？我觉得就是！黎玥，你怎么看？"

语文老师站在讲台上瞅着我，我没戴眼镜，看不清他的眼神和表情，只是感觉出了一身冷汗。

语文老师双手插兜，优哉游哉地向我这边走了几步。

他伸手探到了讲桌上的一张卷子，拿了起来，正反翻着看了看说：

"黎玥，你起码也把选择题写写吧？就交一张白卷啊？是不是有一点过分了！"

我疑惑地张着嘴，盯着他看着，他也盯着我看。

我什么时候有这张卷子？什么时候又交上去的？我怎么不知道？

为了化解尴尬，我"咯咯咯"地傻笑起来了。

语文老师伸出一只手，食指一勾，挑挑眉，眨眨眼，老师你这么撩人真的好吗！

"来！黎玥！过来拿你的卷子！"

我一边往讲台上走，一边笑嘻嘻地说：

"老师啊，我就知道你最好了！你最帅了！"

我刚接到我的卷子，他说：

"拿着你的卷子到后面补去！"

我愣在了那里，他偏着头，满面笑容地看着我。

我深深地叹了一口气，拿着卷子，噘着嘴，拖着脚步走到教室后面，趴在后黑板上补作业。

我的命怎么这么苦啊嘤嘤嘤嘤！

"还有这么十多个人也没有写作业，安柠一！把这些卷子发下去！"

我转过身，一只脚立在另一脚旁，双手插着腰，歪着头，皱着眉，怎么可以这样不公平！

"老师您是不是觉得我长得太好看了才让我站在后面补作业的？"

我不满地问道。老师想了一下，深沉地点点头：

"嗯——"

我笑着说：

"哈哈！我就知道！老师您太有眼光了！我也这么觉得！"

老师眼睛向上看着，手托着下巴，突然打了一个响指，指着我说：

"没错黎玥！你对自己有很深很深的误解！"

我被气得一句话都说不出，他把我一个人晾在一边，拿着卷子说：

"大家看第一道题，这是一道用词是否恰当的问题，看看，A怎么说的，小明总是拆东墙，补西墙……诶？！这不就是咱们某些个同学嘛！是吧？大家说呢！"

"老师！谢谢您夸我嘞！"

我厚脸皮地回答了他，他抬头瞟了我一眼，接着说：

"拆东墙，补西墙，就像某些同学，上语文课做数学，数学课上做化学，化学课上做英语，某些同学哈！"

大家齐刷刷地看向我，老师也看着我。

我也顺着他们的目光向后看去，尽管我的后面是冰冷的墙，上面还有一张卷子，我的手按着的语文卷子。

"某些同学真过分！老师你说呢！真是过分！"

"嗯，我也这么觉得！某些同学注意注意！"

"好的老师，我替那个同学答应您这个要求，没毛病！"

"好，我们接着看这道题。"

我正在后面疯狂地补着作业，只觉得一直都有不祥的预感，果然这种预感很快就应验了。

"黎玥，你上前面补作业来！我看不见你在后面干什么，我不放心！"

我充满怨念地盯着他，他却用满脸的"幸灾乐祸"回应我。

我拿着卷子，又一次嘟着嘴，拖着步子，走到教室前面，左瞅瞅，右瞧瞧，找了一个地方蹲了下来，把卷子放在讲台的地上，蹲得腿都麻了，简直太受罪了！

干脆坐下吧，这么想着，我直接一屁股坐在了地上，继续若无其事地补着作业。

语文老师好似要在这一节课整死我，又点了我的名字：

"黎玥，你把这篇小作文念一念，你自己写的这篇两百字的作文！"

妈耶！我心都慌了！他不都知道我交的是白卷嘛，那肯定是没有写嘛！慌乱中我只得拿着一张空了一大部分的卷子，眼睛盯着小作文下面留出的一大部分空白，支支吾吾地"念"了起来。

其实也没有什么，不就是对鲁迅进行褒奖嘛，绝对难不倒我。嘴就是夹杂了太多的语气词，使我整体发挥的"美观"度下降。

念完后，语文老师赞许地点点头：

"没错，这篇小作文就该这么写，不错，黎玥，你回去吧！"

我受宠若惊般地从地上蹦起来，赶紧一步三米地颠回我的座位那边去，生怕他有丝毫的反悔。

然而，安柠一这个不想活命的家伙竟然挡着我，不让我进去，气急败坏之下，我直接蹲下，从桌子下面钻了进去，都知道我的体型庞大，钻桌子是项技术活，对于我来说很有挑战性。

因此进去的时候难免会有桌子脚与地面亲密接触发出的美妙的"刺啦刺啦"的声音，我能怎么办，我也很绝望啊！

语文老师终究是忍不下去了，我刚屁股挨着椅子，他就走到了我的桌子前，坐第一排真的不太好，我早已忘记摊在桌上的化学导学案和还没有盖上笔帽的中性笔。

他眼尖，果真还是看见了满纸的化学方程式，未等我慌张地收起来，他就拿起来了，看了一会儿，又翻了几页，我用充满渴望的眼神可怜巴巴地看着他，他丝毫不心软，直接拿走了我的导学案，板着脸，后半节课不苟言笑地讲着卷子，班里的气氛异常压抑。

直到《致爱丽丝》响起，他宣布下课，手里抱着我那本化学导学案甩门走了出去。

班里的同学都倒吸了一口冷气，七嘴八舌地开始同情我，他这次是真的生气了啊。

我低着头，手扶着额，深深吸了一口气，"腾"地站了起来，走出门外。

我一直跟在他屁股后面，上到三层楼，他猛地转过身来，站在比我高两级台阶的地方，我急急忙忙刹住车，但还是停在了比他低一级的台阶上。

他居高临下地看着我，我甚至都能听得清楚他的呼吸声，他板着脸，冷冷地说：

"别跟着我。"

哪有他不让跟，我就不跟的道理呢！当然还是要继续厚着脸皮跟在他身后。

直到他进了五层的办公室，我也跟了进去，他直接一撒手，将那本化学导学案扔在了桌子的一摞书上面，一句话不说，坐在了凳子上，抱着肩。

"老师……我……对不起老师……"

"有再一再二，没有再三再四，你走吧，这次我不会再还给你了。"

我犹豫地站在那里，右手手指在他的桌子角上不停地画小圈圈，不是诅咒他，是我这次真的不知该如何发挥我的"三寸不烂之舌"要回我的导学案。

他站了起来，都不抬眼看我一下，只是绕开我，抛下一句：

"我下节课还要去上课，这办公室里没人，我要锁门了。"

我连忙跟在他的屁股后面，走出了办公室，转过身，看着他的侧颜，甚是冷峻，往日的阳光帅气一扫而光，扑面而来的是高冷和严肃，我咽了一口口水，看着他掏出钥匙，锁了门，顿了一下，还是没有看我，转身走了。

我一人站在办公室门口，上课铃响了，走廊里空无一人，他离开了，只剩我，依旧站在办公室门口发呆。

感受到了一个人的恐惧，身边无一人陪伴。很多时候我都感到孤独，好像我没有一个真正理解我的知己，没有一个无时无刻不陪着我的朋友，记得好久之前，曾在微信朋友圈发过一句话：

一群人的狂欢是一个人的孤单。

在贾平凹的《孤独地走向未来》中读到过一段话，是对孤独的解释，到如今都在脑海中挥之不去：

"好多人在说自己孤独，说自己孤独的人其实并不孤独。孤独不是受到了冷落和遗弃，而是无知己，不被理解。真正的孤独者不言孤独，偶尔做些长啸，如我们看到的兽。弱者都是群居着，所以有芸芸众生。"

我一直在思考着，我到底是属于前者还是后者，但其实并不想知道答案，我既不想做那个不孤独但却无知己的人，也不想做那个孤独的强者。

语文老师说，如果开始思考人生、宇宙和世界了，你就向着"哲学家"进军了。

又是语文老师，尽管表面上我好像总是不认真听他的课，但他的每一句大道理和心灵鸡汤我都记得很清楚。

这一次我知道自己错了，可我该怎么做？

雨汐从班里跑了出来，在五楼的阳光房找到了趴在栏杆上看着一中全景的我，她一边向我跑过来，一边叫着：

"找到啦！找到啦！黎玥在这里哎！你们都过来！"

我一惊，妈耶！不只雨汐一个人的嘛？！

我一回头，瞬间眼眶红了，鼻头酸了，向我跑来的是六个人：雨汐、萧凡、凝阳、程晨、骆一橙和安柠一。

他们慌慌张张地站住脚，七嘴八舌起来——不要认为是关心我的，他们是来气我的，本来要溢出的泪全给我憋了回来：

"哎哎哎黎玥你怎么在这里！"

"我们都翘课来找你的！你这个女人！过分！"

"就是！说吧！怎么赔偿我们！"

"一人一袋乐事！"

"不行不行不行！太少了！"

我不停地冲他们翻白眼，他们假装没有看到，这时，凝阳说：

"我们是不是该关心一下当事人到底怎么了。"

我睁大眼睛表示赞许地点着头，果然还是有人性的嘛。

"目测是要跳楼。"

骆一橙接了一句，我噘着嘴，生气地看着他：

"喂！真的没有人关心我一下嘛！我真的去跳楼了！你们可别哭爹喊娘的不舍得我！"

"切切切！赶紧的！你不是要跳楼吗！去吧！"

"就是就是！快点！"

"我要旁观！不！我们都旁观！"

我不理睬他们，假装没有听见他们的话，低下头说：

"怎么办，他生气了，我估计是要不回来了。"

他们这才停下了挖苦和嘲笑，托着腮帮子开始帮我想"解决办法"——其实在我看来，应该是馊主意才对。

萧凡一拍脑袋，激动地说：

"你就和老师说那不是你的练习册，他说不准还跟你生气，但应该会还给你。"

雨汐一副恍然大悟的样子：

"对对对！你就说是我的！"

我犹豫着，不知是否该采取他们的主意。

程晨一脸不在乎地说：

"反正你和他之间的矛盾也不是一星半点了，再增加点也没什么大不了的。"

安柠一猛地点着头：

"诶！黎玥！没事，他要是打你，我给你找人，群架谁不会打啊！有你鸡哥哥在！"

"嗯，也是！到时候约在操场上。"

"不行，操场有点明显，最好不要在操场上搞事情，万一被校长发现了呢！"

"那我们该约在哪里呢？"

我超级嫌弃地把两手放在他们之间，脸上的五官扭成一团：

"这怎么还扯到了打群架呢？你们的脑洞能不能再大一点？行了行了，就按凡和汐说的吧，假装不是我的。"

七个人沉默了一会儿。

安柠一最先打破了这种尴尬：

"宝贝们，我们现在应该……"

所有人一同挑着眉毛，露出猥琐的笑容：

"嗯——"

于是，一行人就去食堂打牌了。

直到下午，我带着两个"活宝"——林雨汐和萧凡，又一次踏上了"西天取化学练习册"艰辛之路。

我满脸堆笑地推门进去，语文老师没有抬头看我一眼，一直低着头批改作业。

我走了过去，站在他身旁，看了凡和汐一眼，她俩向我点点头，给予我鼓励，我又向语文老师靠近了一点，清了清嗓子，说：

"咳……老师……我……我错了……"

他仍旧不看我，一句话不说。

"老师，其实……那个练习册不是我的，是林雨汐的，真的。"

老师依旧无言。

空气突然安静，弥漫着一种可怕的气息，我回头看看身后的雨汐和萧凡，她们俩皱着眉头，示意我再等等，我只好继续等着。

语文老师终于抬起了头，严肃地冷冷地盯着我，盯得我起了一身鸡皮疙瘩，他嘴也不张，声音从牙缝里钻出来：

"不是你的？"

我连忙像小鸡啄米似地点起了头，并给予他一个特别肯定的眼神。

他的眼神越过我，落到了林雨汐的身上：

"你的？"

林雨汐也连忙像小鸡啄米似地点起了头，并给予他一个特别肯定的眼神。

语文老师又转向萧凡，萧凡也像小鸡啄米似地点起了头，并给予他一个特别肯定的眼神。

他微微点了一下头，对汐说：

"那你的练习册就拿不回去了。"

说罢又转过身去，继续批改作业了。

我目瞪口呆地看着语文老师，他没有任何反应，气氛尴尬到极点，我也不知该进该退，该继续还是该放弃。

这时雨汐过来拉着我的手，把我和萧凡拉出了办公室。

我们三个不约而同地默默走向阳光房，到了那里以后，都停下了脚步，我转过身来，靠在后面的栅栏上，看着雨汐和萧凡，一时失去了主意，不知怎么办。

雨汐率先开口了：

"再去试试，等到下节课课间的时候，我就不信了！软磨硬泡总有让他心烦的一天！"

我也没有什么更好的办法了，也就点点头，只能这样了。

又是一节课间，我们三个又一次出现在了语文老师的办公室，我一进去便用极其认真的态度表示歉意：

"老师对不起，我错了。再也不会有下一次了，这个导学案真的不是我的，是林雨汐的，求您还给她吧。"

他这次抬起头，对着汐和凡说：

"你们两个先出去，我跟她单独谈谈。"

他话音刚落，我看向雨汐和萧凡，眼神示意她们千万不要走，她们要是走了，我真的没底了，这导学案是一辈子都离我远去了。

然而再怎么用眼神挽留也没有用，她们俩终究在老师的严厉眼神下出去了，汐走的时候不忘丢下一句：

"老师！你不能对黎玥做什么暴力的事情！"

语文老师紧绷着脸，抑制自己不要笑出来，我看到他这副模样，也觉得他没有那么可怕了。

办公室的门被关上了，他把椅子向后挪了挪，转过身来，抬起头看着我，一句话不说，只是看着我，我被看得发毛，只好使出我化解尴尬的拿手良方——傻笑。

"呵呵呵呵……老师……为什么一直看着我……是不是我长得太好看了……呵呵呵呵……"

老师露出嫌弃的表情，不过很快又将这份"嫌弃"用严肃和高冷掩盖了下去，他低着头，右手摆弄着左手腕上的手表，低声地说：

"你觉得这件事你有错嘛？"

"有有有！全是我的错！"

"你觉得你过分吗？总是这样！"

"过分过分过分！"

"其实我琢磨着你吧——"

"老师您说我是什么我就是什么！"

"别打断我！"

"好好好！"

"我琢磨着你——先不说你这化学导学案的事，你没有意识到你这样干什么事都拉着林雨汐和萧凡，或者说之前你拉着韩小小，有时候还有陈曦，你看看，我这么给你一数，你来我办公室多少次了，你有没有觉得这样很不妥？"

我依然没有意识到有什么不妥的地方，依旧笑嘻嘻地吊儿郎当地站在老师身旁，天真地摇着头。

"你这样很自私。"

我脸上的笑容凝固了，再也笑不出来了，尽管我不太明白为什么我是自私的，但我从没有听过这样的词来形容我，不知所措写了满脸，我不再看向语文老师的眼睛，而是瞟向了桌上的书本。

"黎玥，你的错误你自己承认自己担当就好了，你这样总是带着别人和你一起受罪，先暂且不说受罪，她们的时间你耽误得起吗？"

这下真的慌了，我从未这么想过，我的行为竟然对她们影响这么大。

"黎玥，我知道你有你心仪的高中，可是你有没有为你的这些闺蜜想过呢？她们怎么办？她们有义务和你一起赎罪吗？是，你叫她们陪你一起来找我，她们没有拒绝，万一就是陪你的这段时间里，她们可以解决一道数学题呢？万一她们可以多背几个单词呢？她们可能就是不好意思拒绝你，因为你们关系好，她们也觉得自己有义务与你一起解决这些事，你耽误的是她们的人生。"

我被他的话震撼了，我真的是这样的过分！总是要求朋友为我做这做那，而我却没有为她们着想，我低着头一句话不说，脸上满满的是愧疚与难过。

"导学案我就给你了，黎玥，这是最后一次，我不想再看见你在我的课上做一些别的事情，什么事都比听语文课重要是吗？"

我咽了一口口水，仍然低着头，不说话。

"我知道你即使不认真学习，成绩依旧很优秀，能得到所有人渴望的那个分数，你很聪明，就像之前我还和陈曦说过的，她很难超越你的就是你这点聪明，但她比你用功，高中和现在会是完全不同的，光有聪明应付不了，并且你太不成熟了，每天想着的就是玩，孩子气太重，以后这可能会害你，你并不像一个即将中考升入高中的学生，你懂我的意思吗？"

我抬起头，用复杂的眼神看着他，这几分钟，我感觉我经历了一场"世界爆炸"，我也不确定，我到底是怎么了。

他把化学导学案递到我手里，只说了一句：

"你自己好好想想吧，化学导学就给你了，这是最后一次。"

我小声地说了一句：

"谢谢老师。"

一转身，匆匆忙忙三步并作两步逃出了他的办公室。

一出门，走廊空荡荡的，感觉到的不是解脱，是一种无法承受的压抑，如何面对眼前的一切，我还没有分寸。

失神地走到了楼道转角处，一抬头，看到了雨汐和萧凡坐在台阶上，靠在一起，玩弄着鞋带，看着她们两个的背影，眼泪奔涌而出。

她们兴许听到了些动静，一转头，看见了我，她们连忙站起来跑过来，雨汐用手背为我擦着泪水，慌乱地说：

"怎么了怎么了？怎么哭了！"

萧凡着急地不耐烦地对雨汐说：

"我跟你说什么来着！别把黎玥一人留办公室里，咱们在的话，她还有人撑腰，有个依靠。"

我使劲摇着头，嘴里说着：

"跟老师没关系，是我自己难过。都是我的错。"

雨汐皱着眉，一拍脑门，说：

"哎呀！准是他给黎玥来了一个'心灵鸡汤'！他的拿手特色啊！我怎么忘了这个了！"

"不不不，不是，确实是我的错，都是我的错。"

雨汐和萧凡一个劲儿地安慰着我，我却越哭越伤心，依稀记得我问了她们一个问题：

"汐，凡，你们说，我是不是特别自私？"

我都已经忘记她们安慰了些什么，只是记得我的情绪特别激动，一时半会儿都没有好过来。

后来啊，我就这么一把眼泪一把鼻涕地回到了家里，关上门，一个人坐在屋子里号啕大哭。

哭，的确是很消耗体力，哭到没有力气的时候就会睡去，尽情在梦境中忘却一切。这也许就是"哭"能够减轻压力的原因吧。

手机又响了起来，我眯缝着睡眼，打开了手机，汐刚刚发的那几条消息早已让我泪水决堤，不能自已：

"是不是睡了？"

"大胖玥，那就好好睡一觉，明天早上一起来，就给我打电话。"

我已经没有力气去回复了，手机屏幕暗下，自己一人躺在黑暗中，像躺在小月牙船里，漂泊在大海上，孤独无助。

依稀听到妈妈的手机响了，妈妈接起来，说：

"对，黎玥睡了，她好像今天心情不太好，一回来就在屋里了……好的，阿姨让她明天给你回电话！"

又沉沉睡去，我特别感动的是，我的妈妈从来不喜欢逼问我一些我不愿主动分享的事情，也从来不打扰我，即使我的情绪再不稳定，也会给我留足够的空间。

那些被允许任性的年代，叫作青春。

有些事，一转身，就是一辈子。

（二）

要么改变一切，要么被一切改变，我，无从选择。

一觉醒来，早已是太阳高照，刺眼的阳光钻过窗帘缝隙，投射在温暖的小屋里。我揉揉眼睛，伸了一个懒腰，手碰到了床头上黏着的一张小纸条。我闭着眼，凭借触觉将小纸条撕了下来，拿到眼前，睁开一只惺忪的眼睛，懒洋洋地扫着纸上的字：

宝贝，妈妈看你昨天挺难过的，就帮你请假了，今天上午在家睡个懒觉，下午想去学校再说。妈妈已经和凝阳说了，先让他走，不用等你。妈妈先去上班了，餐桌上有你爱吃的肉松面包，饿了就吃几口，妈妈中午就回来了，上午想做什么就做什么吧，好好休息休息。

我看着这张纸条，幸福感瞬间涌上了心头，其实，我很爱妈妈，却总是羞于表达。

我们总忙着自己成长，却忘了父母也在变老。

摸出手机一看，果然被消息轰炸了，汐给我打了十几个电话，现在这个时间，她还在上课，我只能发一条信息告诉她，这次，我真的没事了。

手机突然震动了一下，正奇怪是谁在这个时候给我发消息，一看提醒栏，是骆一橙，嘿！这个家伙！不好好上课！

"嗨，黎玥。"

我发了一个皱眉的表情。

"你病了？"

"心病，懂吗！"

"哟呵！小屁孩儿还有心病呢。"

"你才小屁孩儿！"

"你猜猜我在干吗？"

为了猜对他在干吗，我特意从暖和的被窝里钻出来，从那张每天紧抓着我不放的床上爬起来，走到我的课程表旁，眯着眼，手背在身后，像老年人一般仔细查了查课表。

"老金的课对不对！你胆子够肥啊！"

"不对！"

课表上是英语课啊，是老金的课啊，我满满的疑惑：

"换课了？"

"不对！"

我开始怀疑人生了：

"难不成你逃课了？"

骆一橙不回复了，我急了：

"呀！被我猜对了吧！就是老金的课，现在老金一定在你旁边，不敢玩手机了吧？我就知道！"

"什么乱七八糟的。我在家，刚睡醒，我妈给我打了一个电话。"

"？"

我吃惊极了，他居然也在家！他居然也刚睡醒！我疑惑地问道：

"你怎么了？病了？"

"不是。"

"那是什么？"

"太累了，早上起不来。"

"呵！可是，你怎么知道我也没去啊！"

"聪明。"

我差一点就摔了手机了，这家伙为什么如此自恋？可怕！

我没有再理他，他又发过了消息：

"下午去吗？"

"不知道。"

"来吧。打牌。"

"捉红三？"

"不是，天黑请闭眼。"

"那个狼人杀游戏？我不擅长哎。"

"比那个简单，什么擅不擅长，玩几次就会了。"

"你求我玩，态度还这么强硬？过分！不去！"

"主要考察口才和观察能力，今天下午放学后食堂来找我。"

骆一橙有一种天生的魔力，他总是命令我，但我又无法抗拒他的命令。虽然我真的不想去，晚上放学后只想回家复习，信息技术上失去的两分我还想拿回来。

算了，再说吧，下午先去上课吧，误课也不好。

和骆一橙东扯西扯，时间过得很快，妈妈都已经下班回家，午饭后，又要踏上去往一中的那条路了。

下午一见到汐，我便黏在她身上，像嚼得稀巴烂的口香糖，怎么也甩不下来，程晨看到我，特别生气，吃醋地对着我翻白眼。

安柠一神神秘秘地凑过来，说：

"黎玥你知道吗，你上午没来，语文老师可想你了，一直念叨你。"

我来了兴趣，换下原本的嫌弃，配上一副洗耳恭听的表情：

"是嘛！夸我什么了？"

"他说——你一到语文课，就请假回家睡觉！"

"你！"

我正要追着安柠一打，他不知从哪里掏出来一根木棍，怪吓人的，我慌忙向后退去。

他挥舞着木棍，嚎叫：

"黎玥，别走！你快说！你鸡哥哥帅不帅？"

我紧闭着嘴，跑得上气不接下去，就是不说一句求饶。

逮着机会，我"哧溜"一下蹿出了班门，正好碰上我的大"救星"——老金，我躲在老金的身后，抱着肩，慢慢悠悠走着，不屑地听着安柠一在教室里叽哇乱叫。

没多久，我看到了安柠一那颗左右晃动的脑袋，以及他手里高高挥舞着的木棍，我看见了，那就意味着，老金也一定早就看见了。

直到安柠一摇头晃脑地发现周围空气静得很，他停下来，才看见了老金的存在，以及老金身后得意的我。

他站在那里，一动不动，握着木棍的手藏在背后，垂着头，一声不吭，可怜极了。

老金右手抱着书，左手指着他藏起来的手，说：

"什么东西，拿出来。"

安柠一一脸委屈，却不为所动。

"别让我重复第二遍。"

老金的威力有目共睹，惹急了她后果是非常可怕的，安柠一也懂这个理，怎敢违抗老金的命令，他的手一点点挪了出来，木棍都显得有些无所适从。

老金冷冷地说：

"干什么呢安柠一？！哪来的！"

"墩……墩布烂了……上面的木棍……"

安柠一话还没有说完，就被老金一顿臭骂堵了回去：

"都什么时候了！还有闲工夫玩这些东西！还破坏公物是吧？！"

安柠一小声嘟嚷了一句：

"是墩布自己断了……"

真不巧，老金刚好听到了：

"自己断了？自己断了？你说出来不觉得好笑？你真可以啊

安柠一！先不说你破坏公物，你还欺负女同学是不是？欺负弱小是吧？！"

安柠一又开始嘟囔了：

"就黎玥还弱小……"

我气得皱着眉，在老金身后，对着他指手画脚，张着大嘴，对他"吼"着唇语，他假装没有看见我，一副不服气的样子，本是装给我看的，然而老金却以为是做给她看的，霸气地揪着安柠一的袖口，把他揪出了教室。

我回到座位上，安柠一大概是少不了一顿劈头盖脸的"口水茶"吧。

没多久，安柠一慢悠悠地打开了门，后面是老金，老金一面催着他赶紧进班，一面嫌弃地推着安柠一，他颓丧地拖着脚步走到了座位上，安安静静地坐了下来，老老实实地拿出书本，摊开，再拿出一支笔，认认真真地盯着书本。

我惊呆了，不可思议地瞥了他一眼，他却不为所动，依旧专心地看着眼前的书本。

安柠一竟被驯服了！

然而……

当老金迈出班门的那一刻，安柠一立刻一把合上书，扔进桌洞里，清空了桌面，拍拍桌子，拿出那个绿色的水瓶，放在桌上，一伸双腿，抱着肩，一甩头上的"三毛"：

"你鸡哥哥什么人啊，别看了，装个样子！哼！"

我撇撇嘴，安柠一嘛！

放学的铃声响了起来，又是一场纷纷扬扬的"战争"——每天都如此。

班里沸腾得很，就像《哈利·波特》中学生们吃饭的热闹景象，老黑正扭着屁股"颠颠儿"地走着，就差往天上"颠儿"了。安柠一就是看不惯他这样，忍不了，非要搞点事情才行。

他猛地冲上前去，他个头小，弓着腰一把揪到了老黑的校服裤子，校服的版型我们都懂，宽松肥大，被这么揪了一下，那画面可辣眼睛了。

老黑的裤子被揪了下来，至今令我难以忘怀的是——他那条绿得很的内裤。我真的不是故意去看的，就那么不经意间地一瞟，谁知道会是这样一幕"激动人心"的场景呢！

老黑慌乱地提起了裤子，皱着眉，三五五班充斥着他悲惨的嚎叫声，一声高过一声，他锁定了安柠一的位置，大吼着绕着整个班"追杀"安柠一。

其实我一直都认为，我们确实不像是即将中考升入高中的人，幼稚得好像昨天才从幼儿园小豆班进入了小班。

我背着书包左闪右躲，从安柠一与老黑的战场中逃了出来，刚一脚迈出班门，就被困住了。

叶墨翎，骆一橙的绝对铁哥们、好基友，从初一开始他们俩就形影不离，关系好似我和林雨汐。他不像骆一橙一样高冷，很平易近人，也可以称作"中央空调"吧，总之很暖心，人也很逗，一大票小妹妹总是跟在他屁股后面，他也乐此不疲，撩妹什么的不在话下，不过——他也不是谁都撩，林雨汐、萧凡和我因为与他们关系太好，这种被撩的"大好机会"，对于我们三个是不存在的。当然，他也喜欢不时和骆一橙秀一下"恩爱"，烦得很。

其实还没有走出班门，就看见他在门口"狩猎"，没错，我就是那个可怜的"猎物"。

骆一橙的声音在我耳边响起：

"拦住拦住。"

叶墨翎是个听话的手下，一把揪着我的袖口，给我甩到了墙上，幸亏我是背着书包的，书包先与墙壁来了一个"亲密接触"，我不高兴地瞅着叶墨翎，再转头瞅瞅骆一橙，他倒好，抱着肩靠在墙上——我撞到的那面墙，他的手指弹钢琴似地一起一伏，冷冷地丢下一句：

"打牌。"

叶墨翎昂着头，说了一句：

"听橙橙的，打牌！"

说罢，伸出右手，按在墙上，我正想从他的右手边逃走，却没曾想被这么一拦，没刹住车，直接怼了上去，叶墨翎的手臂没事啊，可是我的胸好痛，那种不能用语言形容的痛，怪我个子不高，哎。

骆一橙突然站了起来，瞪了一眼叶墨翎，不满地说：

"诶！"

叶墨翎转过头去，无辜地看着骆一橙，趁着他们俩"深情"对视的空儿，我一溜烟儿跑走了，骆一橙又"诶"了一声，却没有让叶墨翎去追我，任我逃走了。

其实，我也不是不想去打牌，只是因为骆一橙是和一群哥们儿一起玩，这让我犹豫了，若是还有其他女生在场，说不准我也就去玩了。

可是现在回想，我完全可以像和安柠一在一起一样，只是简单快乐地玩，单纯而充实地度过我的每一天，和所有同龄人一样，不给青春留下遗憾。所以，我总是活在过去，不珍惜当下，等到当下也成为过去后，又开始怀念曾经的当下，总是患得患失。

所有人提到黎玥，总是用"神经大条"来形容她，可又有谁知道她经常深夜蜷缩在被窝里，因为白天的一点点小事纠结好久。她不能够把纠结表现出来，她不能够把委屈讲出来，她不能够让其他人知道她不开心了、生气了，她不能够……

她总是对自己说：

"不，忍着，不能……"

就像傻瓜一样，所有情绪只憋在心里，她是身边许多朋友的"树洞"，却从不能为自己找个"树洞"，她总是想着，她不可以因为自己的坏情绪，让身边关心自己的人也被影响。

其实，她很累，心累。

再大大咧咧的人，偶尔也是会难过的呀，就像倾盆大雨下，别人 在等伞，我在等雨停。

只因我给的嬉笑太盛，无人在意我的心酸认真。

有时偷偷地用被子蒙着头宣泄情绪时，好想身边有个人，始终可以呵护我的孩子气，可以听我随心所欲地宣泄……就只是悄悄地想一下，然后又带着罪恶感把这样的小念头用力挤出脑袋。

不自恋怎能掩盖自卑，不爱笑怎能藏住苦痛。

愿你我安好，不负韶华，在彼此看不见的地方，熠熠生辉。

终究泪横流

（一）

所谓的诗和远方，不过是要把眼前的苟且熬过去了，才会到达。

越是临近中考，越是少了几分中考的紧张气息，至少三五五班是这样的，其实其他班级都在忙着复习，而老金为我们留出了足够的时间，让我们在初中的最后几天里放松自己，"荒废"的那几天，值得。

上午，要去拍毕业照，所有人穿着由雨汐、程晨、萧凡和骆一橙一齐商量定做的班服，我们神气地穿在身上，别的班同学看见了，都羡慕得很，虽然其他班也订制了班服，却没有我们的显得清新、有活力——可能主要原因是我们颜值高。

毕业照后，本该上课，却变成了三五五班的狂欢时间，大部分同学都在班里玩手机、打游戏，而我们十二个人——三女九男，走出了班门，六月份的一中甚是美丽，尚处初夏，叶子绿得一塌糊涂，星星点点的小碎花点缀在一片翠绿之上，九个男生硬是要打牌或是玩游戏，但我和雨汐也不让步，一定要去拍照片，拍属于我们的真正的毕业照，他们拗不过我们，只好跟在我们屁股后面，虽然嘴上说着不愿意，动作上却很配合，没有丝毫不耐烦。

我们在窗外的小石凳前，拍了一张很有 feeling 的照片，就像电影《那些年，我们一起追的女孩》中的剧照一样，一群人坐在台阶上，后面是成片的树荫。

慢悠悠地游荡到了充满无限回忆的操场上，我走在最前面，后面的男生一个个捧着手机，就是不赶紧走，本就是大热天，操场上空又没有任何遮拦，早已被燥热的天气搞得心烦，汐也不满地和我说着对他们的不满和抱怨，忍无可忍，我猛地转过身，插着腰，皱着眉头，冲他们大喊：

"你们行不行？走得能不能快点！拿着个破手机玩什么玩！等我抓着机会了都给你们摔烂了！哼！磨磨蹭蹭的，烦不烦！"

他们都被我突如其来的发飙吓了一跳，默默放下手机，凝阳小鸡啄米似地点着头：

"好好好！不玩不玩不玩！"

凝阳的这一句话可好，给我彻底惹来了麻烦。

程晨吧唧着嘴说：

"啧啧啧……凝阳心疼了，真是好男人！这么听黎玥的话，不简单不简单。"

我刚要对他进行一番义正词严的反驳，就听到了凝阳的好友泽逸的接话：

"就是！黎玥可得对我们家凝阳温柔点儿！上哪儿找凝阳这样的男人！"

叶墨翎闲不住了，也加入了这波口水战：

"不行不行，这怎么行，把我的骆一橙放哪里啊！你们这群人真不厚道！"

程晨眼睛看着骆一橙说：

"看看骆一橙自己一个人落寞的可怜身影！哎！"

和安柠一"认领"的儿子——老黑对我说：

"爹，我的亲爹哎！"

我白了他一眼，他接着说：

"我亲娘不是安柠一嘛！爹！没事！儿子一直支持你！现在到底谁是我的另一位家长？"

我没好气地对老黑说：

"没有没有！你是单亲家庭长大的，记住了！是我一把尿一把屎把你拉扯大的。"

老黑诚恳地一点头：

"好的爹！孩儿记住了！"

玩笑归玩笑，他们也放下手机了，照片还是要拍的。

尽管晒得汗流浃背，我们仍然围成圈躺在了操场上，用相机留下了美好的一刻。又站起来，想要拍一张跳起来即定格的照片，却总也统一不了跳起的时间，吵得沸沸扬扬，最终倒是拍了，却是"长大了后悔系列"的照片，想要重来一次，却没有人想继续站在大太阳下照相了，也只好不情愿地就此作罢，噘着嘴跟在他们的身后。

漫无方向地闲逛，不知不觉晃到了室外的体育器械那里，我和林雨汐、萧凡爬上了杆子，站到了上面，其他的男生轻轻一跃，便坐到了双杠上，三两个分布着坐了开来，就这样又留下了一张照片。

拍照拍累了之后，我们就地坐下，围成一个圈，骆一橙拿出早已准备好的扑克牌，抽出几张——玩"天黑请闭眼"。

骆一橙是主持人，其他人闭着眼各自摸了一张牌，我摸到了"平民"，不好玩不好玩！我想要"杀手"！这个角色太没有挑战性了！尽管不甘心，还是得玩完这局游戏，骆一橙看着我说：

"都知道自己的身份了吧？好，现在——天黑请闭眼，杀手请睁眼……"

直到老金派同学找到我们为止，我们才停下了游戏，不情愿却麻溜地收拾"摊子"跑回班里，迎接了一场简单的"劈头盖脸"，回到了位置上，眼前放着书本，可怎么也看不进去了。

　　安柠一递给我一张纸条，告诉我是汐给我的，我百无聊赖地打开这张皱皱巴巴的纸条：

　　准备给老金搞一个惊喜 party，中午不回家，食堂见面。

　　想想自从进入六月份，老金每天因为舍不得我们而以泪洗面，总是看着我们，刚开口说几句话，便再也忍不住，眼泪唰唰地流了下来，以至于老金总是随身带着许多纸巾，就掐在手中，时时备着。老金真的是为我们动了真情，我们班不是年级中突出的尖子班，但是老金从来都把我们视为自己的亲生孩子，总是对我们说：

　　"孩子们！你们就是最棒的！"

　　每节英语课上，老金都会看着我们，看着看着，就泪流满面，她曾说：

　　"我一共带了四届，带第一届学生的时候，还年轻，没觉得有什么，第二届和第三届的初三，时间刚好赶上我生我女儿和儿子，我没有陪他们走完初三的路。你们是我的第四届学生，也是我最放不下的一届，不知道怎么了，金老师以前都对学生毕业无感，觉得走了就走了，没什么可怀念的，唯独你们这一届，金老师真的放不下你们，也就你们这一届让我这么动情了……"

　　老金这么说着，我们在下面也早已哭成一片。

　　"我的孩子们，你们一定有特别璀璨的未来。我们三五五的每一个孩子都是充满优点的，无论你们以后身处何方，可不可以不要忘了，可不可以不要忘了金老师……"

我们异口同声地吼着：

"一辈子不忘！"

…………

也许，这就是一种情怀。

雨汐叫我和她出去取东西，我一头雾水地跟她走了出来，就这么走出校园，走到外面的街道上。我一直坚信，就算我逃学，也没有人管我。雨汐拿出手机，给一个人打了电话，那人带着一个纸袋来与她会面，纸袋里面放着厚厚的一沓东西，不知道是什么，感觉很神秘的样子。

拿好东西后，雨汐一边拿着手机与程晨打电话，一边拉着我进了学校。汐带着我进了食堂，一坐下来我就迫不及待地打开了纸袋。

整整一袋的照片，都是三寸大小，是三五五班三年的照片，有老师的，有我们的，一张张看着，甚是怀念。万物总是时间的玩物，我们总是不知不觉，又后知后觉。

回得了的地方，回不去的时光，所以我们才称那是"过去"罢。

我们为老金准备的惊喜将在第二天下午实现，今天会先把所有照片打孔并用线穿起来，听起来很简单，其实真正动起手来也是一项颇费时间的活儿。

保密工作要做好，知道的也就是我们十来个人，刚好萧凡和程晨是班长，雨汐是后勤及生活委员，骆一橙以他的"学神"和"大佬"形象，也在三五五班的主力中占有一席地位。而我呢，笑声魔性，吼声足以造成中级地震，上课活跃性太高，且因与老师的关系很近，被称为"中年人之友"，又由于我和萧凡的组合红遍了"大江南北"，粉丝"数以万计"，可以没有很出色的地位，但是有一群有出色地位的朋友也是了不起的。至于凝阳嘛，算是我的贴身"保镖"，尽管每次遇到危机都是我一马当先，冲在前面保护他。

回家后，骆一橙发来了消息：

"明天晚上聚会你去吗？"

"还用问吗。"

"见你一直没有在群里回复，我以为你不去。"

"明天中午布置教室你来吗？"

"你想让我来吗？"

"哟哟哟！什么想不想，你必须来！我不管！"

"敢命令我，嗯？"

"哼！"

"那就——恭敬不如从命。"

我对着屏幕满意地笑了笑，关掉手机做题去了。

六月十六日，在学校的最后一天——在三五五班的最后一天，第二天的上午还会有一场毕业典礼，但不在主校了，在分校里举办。

中午匆匆吃过饭，没有睡午觉，拉着凝阳，跨上单车，向学校冲去。

雨汐和凡在班里早已忙乱开了，一同帮忙的还有程晨和骆一橙，还有一个人——韩小小，好久没有与韩小小说话了，奇怪的是，明明我们还没有分开，还在一个教室，却感觉到了心早已疏远，虽然也不是不难过，但也只是一瞬间。其实，只有我真正失去了，才懂得当初的傻，当初的不珍惜是多么可笑。

沉思了一会儿，雨汐拽了我一把：

"快点！你来了是帮忙的，不是在这看热闹的！"

我不好意思地冲她点着头，加入了"战斗"中。

先用马克笔在照片背面写上一句句想要对老金说的话，将一个个小小的许愿瓶拴在一串照片的尾部，再将一串串照片用胶带固定在天花板的吊灯上。将桌子都移到教室四角，只在教室中央留十二张桌子，并起来，在中央用五十多个淡粉色的小蜡烛，拼成一个心形的样子，在桃心下端，拼出了数字"三五五"，讲桌上摆好了一些零食饮料。我和韩小小负责黑板的装饰，我在黑板上写字，韩小小画画，尽管我们已经很久都没有说话了，但彼此之间的默契仍然在，毕竟我们一起办了三年板报，板块分工明确，一丝不苟。

时间一分一秒地流过，其实全程我们只有三十分钟的准备时间，没有一刻耽误得起。

一切安排得差不多的时候，距离同学们来到班级只剩三分钟，班里只留我和雨汐负责点蜡烛并播放音乐，其他人分布到各个地方，等候着同学们，最重要的是要使出千方百计拖住老师，多争取时间。

韩小小决定站在每天老金经过的楼梯口，迎接老金，我兴许是因为时间紧任务多而有点烦躁，在安排人员分布的时候，想到以韩小小大大咧咧的性格兴许会说漏嘴，一切就泡汤了，surprise 也没有效果了，就对着韩小小不耐烦地嚷道：

"你别站在这里！你去拦学生去！"

雨汐也随口说了一句：

"这韩小小上蹿下跳的，站这儿怎么行！"

韩小小无辜地看着我和雨汐，我忙着要去点蜡烛，说：

"韩小小你别在这儿了。"

韩小小眼睛里充满了泪水，声音都颤抖了，可当时我并没有发觉，她小声说了一句：

"我想在这里迎接老金，我也想为这个班做点什么。"

我一挥手，说：

"你给说漏嘴了怎么办，别在这儿碍事了！"

韩小小张着嘴，直到我扭过头与她的眼睛对上，我才知道，这一次，我真的错了，是我太过分了。

她咽了一口口水，眼泪"啪嗒啪嗒"地往下掉，我皱着眉，许久，嘴里才蹦出一个字：

"我……"

韩小小怔怔地看着我，摇着头，对我说：

"玥玥，怎么连你也这么说我……"

我依旧说不出任何一句话，我应该道歉的，我应该认错的，她在等我的道歉，可我没有。

她点着头，向后退去：

"好，黎玥，我算看清你了，你根本不是我的闺蜜，你连我的朋友都算不上，从此，我们……就这样算了吧……"

她猛地转身，撞到了凝阳，她只是抬头看了一眼凝阳，绕开他，跑了，不知道跑去了哪里。

我就这么站着，凝视着她远去的背影，直到超出视线，直到泪眼模糊。

对不起，韩小小。

我想过很多次毕业那天与朋友分离的场景，没想到，真正的分离，竟出现在了毕业的前一天，我怎么也没有想到，那个让我心痛的人，竟是韩小小。

生活不会因为你个人的情绪，就停下脚步，给你时间让你去疗愈自己。

我似做梦一般，走回教室里，没有多少时间了，机械地关掉灯，默默地帮雨汐点着蜡烛，雨汐张了张嘴，想要说些什么，我摇摇头示意她我不需要安慰。

　　一切准备就绪，可谓"万事俱备，只欠东风"了。凝阳告诉我们，老金已经来了，程晨正在拖着她，我打开门，让凝阳指挥所有人有序进班，并向雨汐点点头，示意她可以打开音乐了，音乐是我选的《陪你到世界的终结》，是深夜电台推荐的歌曲。

　　大家带着新奇与惊讶走进了班里，随便找位置坐下了，最后进来的是老金，她走到了班门口，先愣了一下，小心翼翼地踏了进来，她拿出早已备好的纸巾，走到讲台下，我和程晨、雨汐站在讲台上，萧凡稳定了所有人的情绪，并维持着纪律。

　　老金稍稍一抬眼，便看到了吊灯下一串串的照片，她伸出手，看着一张张照片，再翻转照片，看着背面的字。

　　终究泪横流。

　　"我都说了，你们别煽情了嘛！怎么……又让我哭……这两天眼睛都哭肿了……你们怎么这么坏……谢谢孩子们……金老师永远……永远忘不了你们……"

　　环视全班，大家都已泪流满面，程晨拍拍手说：

　　"所有人都在这里了，我们是三五五班，我们是金老师的孩子，我们五十五个人，永远不分离！成长的路上我们也曾迷惘彷徨，我们也曾失措痛楚，感谢三五五全体同学的一路相伴，感谢金老师的辛勤教导，未来的成功等着我们去抵达！"

　　雨汐带头鼓掌，并让大家都站在蜡烛前，内圈是女生，外圈是男生，女生都拉起手，也拉起金老师的手，我和雨汐举起双手呐喊着：

"三，二，一！吹！"

所有人向蜡烛靠拢，并噘起嘴一股气吹灭了所有蜡烛，那颗大大的"心"，那三个数字"三五五"，星星点点的柔弱火光，瞬间暗了下去，教室里黑了下来，寂静得每一个人的呼吸都听得清。

骆一橙拉开了窗帘，窗外一束束的阳光透了进来，映入眼帘的是熟悉的小石凳和那片草与树构成的绿色海洋。

程晨将我和雨汐叫到讲台上，萧凡和凝阳组织大家坐在了座位上，我们几个打开了大可乐，程晨拿出几十颗曼妥思，分给我和雨汐，说：

"今天是我们的狂欢！希望大家永远记住三五五这个大集体，让我们在一起的日子成为一辈子的回忆！！"

话音刚落，我这边早已做好了准备，把曼妥思放到了可乐里，可乐立刻壮观地从瓶中喷涌出来，我们早已在第一排和讲台之间留足了位置，可乐洒落在地上。

接着喷涌而出的是雨汐手中的可乐，程晨手中的可乐，汽水在空中飞溅，喷起的水柱窜向空中，再落下，像下起了一场"可乐雨"，纷纷扬扬，落到地上，溅起漂亮的水花，越过这层"可乐雨"，另一边是全班同学，和站着的金老师，他们早已泪流满面。

喷洒激情的"可乐雨"终究是片刻的回忆，结束之后瓶中还存留着很多的可乐，大家拿着杯子争先恐后地抢着要喝，已是十四五岁的年纪，早已是豆蔻年华，却仍像小孩子一样淘气，金老师看着我们，脸上还挂着没有擦干的眼泪，却又笑了起来，即使这样也让我觉得美极了。

这个世界，无论你是高矮胖瘦，无论你是聪明愚笨，总有那么一群人，在一个合适的年纪，在一个合适的时刻，可以给你力量。你可以对他们畅所欲言，不用担惊受怕，没有钩心斗角。

从不后悔来到了一中，从不后悔被分到了成绩不是最优秀却拥有一帮好得过分的姐妹哥们和似闺蜜一样的班主任金老师的三五五班，一个团结奋进的班集体。

嘘——三五五：

你是星辰的光，是亿万光年前的闪耀；

你是蝶翼的光，是开阖间的生命乐章；

你是我眼里的光，是温婉流转的繁星；

你是极地之光，是世界尽头的守望！

今天的一整个下午，注定又是无法上课的一下午，老师们陆续来到班级里，听我们每一个人站在讲台上，诉说着自己的故事，我们每一个人，都是彼此青春年华里的璀璨主角。

大家拿着早已准备好的马克笔，互相在校服上留言签名，抑或是拿出自己制作的手账本，让同学们为其留言。

我的夏季校服短袖上签满了密密麻麻的名字，白色的校服瞬间有了许多的黑色痕迹，这时，也不谈什么洁癖卫生了，没什么可说的，就是漂亮酷炫。

秋季校服上半身是一件红白相间的外套，也都签满了名字，只是不同的是，秋季校服空白的空间少，我只让最好的几个朋友在上面签了名。

无论夏季还是秋季校服，胸口的部位总是那几个不变的名字——林雨汐、韩小小，还有于我而言，同样重要的人——骆一橙，胸口的部位很挤，挤不下多少个名字，最醒目的也只能有三个。

也许名字所占据的位置，也意味着，一个人的心中，多多少少只能挤得下三个知己。三个人，尽管数量极少，但已足够。

林雨汐，我最重要的人。宁愿错过亿万人，也不愿失去她一个。

韩小小，即使闹别扭了，即使彼此早已疏远，这个位置，仍然为她留着，一直留着——无论之后会发生什么，她还是对我来说最特别的存在——来过我家，睡过同一张床，吃过同一份冰激凌，甚至对着嘴亲吻了无数次，手机里她的照片多到数不清，钢琴四手联弹，合唱各种歌曲，闺蜜装数不胜数，一起看过的电影也如星辰繁多……韩小小，流星划过，也不若你明眸浅笑，我陪你走的路你不能忘，因为那是我，最快乐的时光。

骆一橙，尽管只熟识了一年，可却分外亲密，那是一种很奇特的感觉——无法用语言形容，是一种这十五年来我从未体会过的感觉，说不明道不清。

还有好多好多的朋友，他们都很重要，我却觉得心里无法再多装一个人，仿佛多装一个，就多了一份沉甸甸的责任，会变得很累。

衣服上一个个的名字，骆一橙是最靠近心口位置的，也是我一遍又一遍看的名字，仿佛怎么也看不够，我疯了。

凝阳、萧凡、程晨、安柠一、叶墨翎……兴许我这一辈子最骄傲的，就是拥有好多好多的红颜和蓝颜，于我而言，他们胜过一切。

我的名字，也都签在了他们衣服上心口的位置，尤其是凝阳，他拿了两件校服，一件谁都可以签，另一件，只许我一人签，甚是好笑。我只是照做，签了我的大名。

手账本也被他们抢来抢去，添上了花花绿绿的言语。

林雨汐：一切尽在不言中，无论身在何方，无论人在哪里，心都永远在一起，永远爱你forever。

骆一橙：以梦为马，不负韶华，中考加油。

骆一橙的签名是唯一一个我软磨硬泡得来的，不是他不愿意签，是他这个人太过分，非要我求他——我怎么办，我是那种人嘛——于是我就求了他……

韩小小：高中好好学习，加油！以后常联系。

小小的言语之中透露着疏远，已经不像原来的她了。

陈曦：祝你在未来的生活里，像烧得通红的茶壶一样，即使被炉火烧着PP，但仍冒着幸福的小泡泡。

凝阳：三年的闺蜜，我们一起做过很多难忘的事，最好的回忆我们要珍惜，有缘自会再相见。

程晨：再"抢"我老婆，我和你没完！！

萧凡：印象最深的是你魔性的笑声，虽然有过许多矛盾，但一切都已释然。愿你今后一直保持爱笑的天性，愉快地过好每一天，帅凡忘不了你的笑容哦！

金老师：亲爱的孩子，我一直惊叹你是凡间的精灵吗？你是天使吗？你这么有才华，古灵精怪，小小脑袋里装满了想法，一直让我感动着，你一定会很了不起！记得常回来看我哦！

…………

这些是值得我永远纪念的留言——我这辈子最珍贵的回忆。

人生只有一次，过去的就再也不复重来。生活中最折磨人的不是别离，而是感动的回忆让人很容易站在原地，以为还回得去。

是的，今天是6月16日，初中的最后一天，在三五五班的最后一天，微风依旧，树摇草曳，这一年快得仿佛一瞬而已，万物仍在生长，太阳仍是东升西落，只是——我们要走了。

明年夏天，坐在这里的，还是满满一班青春稚嫩的孩子，学着同样的内容，可那不是我们，再也不是了。

夜幕渐临，繁星也早已爬上深蓝的幕布，晚上的天气凉爽，我们决定吃"散伙饭"——还是我们这几个，总是一起拍照、一起玩耍、一起幼稚的这十几个。

大家零零散散地从校园里走出来，聚在一起却是一大帮人，好不热闹。从学校到酒吧的距离不远，我挽着雨汐的手，就这么走在车水马龙与川流不息之中。

此刻我在沉思着，若有一天我已白发苍苍，容颜迟暮，你我还会否依旧牵起双手，一如今日。

到了酒吧，林雨汐和冀尧早已订好了位置，她的办事能力着实令人五体投地，不得不夸。直接下到地下一层，绕过驻场歌手和热闹非凡的舞池，五彩的灯光旋转得晃眼，沸腾的人声一浪高过一浪，甚是喜欢这样的气氛。

走着走着，竟不知不觉和骆一橙走到了一起，通道也很狭窄，只够两个人并排走，两旁是一个又一个的包间。

他不说话，我也不说话，似是早已屏蔽了周围的喧闹，就如此刻只有我们两人，安静地站在世界的中央。

有时无声胜有声，我喜欢的是和他走在一起的感觉，不尴尬，也不反感，静静的空间刚好容得下我脑中的天马行空。

雨汐和程晨两个人牵着手走在前面，后面便是我和骆一橙，再后面就没有注意了，但我很快发现，我忽略了自己的后方，简直是有史以来最愚蠢的一个行为。

萧凡尖尖的声音很快从这片人声鼎沸之中撕开裂缝钻了出来，萦绕在我们十几个人的脑袋上方：

"哟哟哟！咱们这一队人这三年也造就了两对呀！啧啧啧！"

我皱着眉，转头看向萧凡，我的一脸正经与萧凡的吊儿郎当形成了鲜明的对比，事到如今，我也无法换位置走，只好这么硬着头皮继续走在骆一橙旁边，耳边是大家齐齐的起哄声，只盼望着赶紧到达我们的包间，能让我马上解脱。

我可以很自豪地说，我的这帮子姐妹哥们，别的不敢秀，这起哄的嘴皮子功夫是一个比一个强，你一言我一语，够写一本厚厚的"三五五小帮子经典语录"了。

"林雨汐和程晨这一对小情侣都手拉手呢，骆一橙和黎玥什么时候也牵牵手呢！"

"不行不行！不能这么说！人家还不是一对呢！"

"什么能不能，我看行，差不多了！"

"我们是不是有点不道德！"

"有什么不道德的！咱们这一群怎么也得成几对吧。"

"不过也就三个女生，林雨汐有程晨，萧凡嘛，她这种比男生还厉害的母老虎就算了，黎玥嘛，看她到底选骆一橙，还是选凝阳，反正都行！"

"对对对！看样子骆一橙大概占上风！"

"黎玥加油！拿下骆一橙这尊大佛！靠你了！"

"都别说了！黎玥脸都红了！"

我自己也感觉到了脸颊烫烫的，真奇怪，第一次因为大家起哄而脸红，很奇妙的感受，说不上不喜欢，也说不上讨厌。

骆一橙瞟了我一眼，目视前方，声音不大却很有震慑力地说：

"都别起哄了，烦不烦！"

大家这下像是抓住了把柄，更加猖狂了。

"哟哟哟！骆一橙关心黎玥啊，这么快就跑出来维护了！"

"啧啧啧！真够意思的！狗粮撒的比林雨汐和程晨还多！"

"……"

总算是走到了包间门口，这样的流言蜚语也可以随着门打开的那一刻，悄悄飘走——吧？

然而生活总是出其不意。

进入了我们的包间，一张长沙发刚刚好坐得下我们十几个人，两个电脑屏幕是为了点歌专用，另一个电脑屏幕用来点菜。因为是一大张长桌子，只能互相对着坐，这样一来，位置的选择也着实成为一大令人头疼的问题。

一番叽叽喳喳的吵闹几乎响彻整个酒吧，最终我们决定好了座位。

从最里面数起，是萧凡和骆一橙对着坐，尽管大家一致要求我和骆一橙对着坐，但经过我对自己权利进行的一番义正词严的维护，总算说服所有人，让骆一橙坐在我的斜前方。

萧凡旁边是我，对面是骆一橙的宝贝兄弟叶墨翎。我的另一边是林雨汐，她的对面是大家执意要求的凝阳，仿佛一定要让我从骆一橙和凝阳二人中选出一人。毋庸置疑，林雨汐旁边是程晨，他们两个一定得黏在一起，就像嚼了老久的泡泡糖一样分都分不开。接着是冬，冀尧……

坐在长桌旁吃着我们最爱的各种美食，或许是由于毛血旺刺激火辣，我们畅谈着，放肆大笑着，也只有在这些人面前，才可以如此狂妄，提及最兴奋的时刻，才想起被搁置一旁的三天后的中考，于是举杯百感交集，吞下这无边的惆怅和离愁，任辣爽钻肠。此刻相机闪烁，所有完美的瞬间定格永生。

一生一世一行人，半醉半醒半浮生。

饭后，喊麦高唱，没有几个音准的，却是一行厚脸皮的自我感觉良好的"业余歌手"鬼哭狼嚎。

第一首歌大家都还很拘谨，但没有任何时候是我和雨汐会拘谨的，所以开局歌曲由我们拿下。我们一直都称自己是"时代姐妹花"，因此《小时代》中的《时间煮雨》一定是我俩的首选歌曲，歌词不仅仅是歌词，也是我们的真实心情。

眼泪不知何时，悄然划过脸颊。那一年盛夏，初识。这一年盛夏，分离。我们不仅仅是初中同学，也是彼此一辈子的知己。

怔怔地结束了最后一句，尾音拖着，回荡在整间房子里，安静之后，是雷鸣般的掌声以及大家给力的叫好声，我和雨汐还在原处站着，手里持着话筒，久久不放下，萧凡站在角落里，她没有坐下，一直默默站着，姹紫嫣红的灯光闪过我们三个人的脸庞。

有谁可知，我们曾经历了怎样的三年。

一生会遭遇无数次相逢，有些人，是看过便忘了的风景，有些人，则在心灵深处生根发芽。

唱了很久，直到我们的嗓子都哑了，泪也流尽了，用一曲《同桌的你》作为了结束。

我默默看向骆一橙，发觉他也放下了一直在玩的手机，凝视着我，我的泪顺着脸庞再一次划过。

昨天还是各自的同桌，在教室里嬉笑打闹，今天，却站在KTV里凝望对方，吞下即将离别的苦涩。

他走了过来，也许是灯光的原因，他的脸微红，眼神也显得有些许的迷离，又或许只是我的错觉而已。他的声音轻轻地飘进我耳中：

"分开了以后，你可以给我想你的权利吗？"

他的声音很有磁性，也很轻柔，嘴里吐出的气萦绕在我的耳边，痒痒的，我什么也没有回答。骆一橙，如果我说，你要对你说的话负责，是我对你的怀疑，还是我对时间的不确信？

我没有胆量去确认自己内心的感觉，也无法确信时间的长河将带给我们怎样的未来。只能悄悄地幻想——在青山绿水之间，牵着你的手，走过这座桥。桥上是绿叶红花，桥下是流水人家。桥的那头是青丝，桥的这头是白发。

我看过春风十里，见过夏至未至，试过秋光潋滟，爱过冬日暖阳，全都抵不过，你的嫣然而笑。

愿时光静好，留你我于记忆深海。

催泪与煽情太多，于是，我们选择了一直以来最爱玩的"天黑请闭眼"，来调节气氛。

骆一橙照样是主持人，拿着十几张整理好的扑克牌，我们坐了下来，围在一起，抽起了牌。

我小心翼翼地从眼前的扑克牌中抽了一张，悄悄地打开，看了一眼，是黑桃k，太爽了！这局我是杀手！

如果抽到七或者八，则是平民，如果抽到一，则是警察。

骆一橙说：

"天黑请闭眼，杀手请睁眼。"

我一睁眼，环顾四周，原来第一局的杀手有程晨和萧凡，我冲着他们两个神秘一笑，指着凝阳，就"杀"他了。

"杀手确定杀他？"

我们三个点点头。

"杀手请闭眼，警察请睁眼，警察请选择一人查验身份。警察确定查验此人的身份？这个人的身份是这个。警察请闭眼。天亮了。"

我们都睁开了眼，互相疑惑地看着对方。

"昨晚，凝阳死了。"

凝阳皱着眉，摊开双手：

"What happened？"

骆一橙说：

"凝阳你有遗言吗？"

"有有有！我觉得——今天天气不错……"

骆一橙点点头，轮到我们依次发言了，我看着他们一个个神经大条地瞎说几句，到了叶墨翎这里，他指着我：

"大家跟着我投，黎玥绝对不是好人，我看她面不善。"

我拍着桌子大喊：

"不善你个大头，大家不觉得叶墨翎很有问题吗？"

叶墨翎瞅着我，一句话不说。

我继续带节奏：

"不说话了？没理由了？你们瞅瞅叶墨翎，狼狗瞎咬人，他肯定不是好人，不然怎么无缘无故地说是我，他一定是杀手，要陷害我，把我投出去。"

冀尧帮着叶墨翎说：

"黎玥就是你，不是好人！"

"哟哟哟！同伙出来了！按捺不住了吧！大家先投叶墨翎和冀尧，他们俩肯定是杀手，说我不是好人，为了先把我投出去，能陷害一个是一个对吧？不用反驳我说你们是警察了，一般杀手都爱说自己是警察。"

冀尧和叶墨翎同时大喊：

"我们真的是警察！"

我不说话，只是不屑一顾地笑着，这局我们杀手赢定了，感谢叶墨翎这个冤大头的"跳井"。

骆一橙笑着说：

"现在投票。"

大家齐刷刷地跟着我投了叶墨翎，我毫无表情，心里却乐开了花，一个警察被我"干"掉了。

"叶墨翎出局，游戏继续。"

因为是第一夜，大家对此没有任何异议，继续玩着。

"天黑请闭眼，杀手请睁眼，杀手请选择一个人去杀。"

萧凡指向冀尧，程晨使劲儿地摇着头，用口型说着：

"不行不行！他如果被杀了，就证明他不是杀手了啊！"

我一想，确实是这样，我指了指林雨汐，不好意思地看着程晨，程晨瞥了我一眼，点点头，嘴型说：

"杀吧杀吧。"

骆一橙说：

"杀手确定杀他？杀手请闭眼，警察请睁眼，警察请验证一个人的身份。警察确定验他？他的身份是这个，警察请闭眼。天亮了。"

我们再一次睁开了眼睛。

"昨天晚上'死'的是林雨汐。"

林雨汐很认真地说着"遗言"：

"黎玥是杀手，冬是平民。我是警察。"

我抱着肩，若有所思地说：

"这样啊，雨汐你'死'了也不能瞎说我是杀手啊，听我分析，听我破案，所有人！昨天晚上，我推测冀尧是杀手，这个杀手很聪明，他没有把我杀了，他知道，如果我'死'了，那就证明他冀尧毋庸置疑是杀手了，所以他杀了林雨汐，林雨汐是冤大头，我推测她应该是个平民，首先她不可能是杀手，其次，如果她是警察，她上一局就可以跳出来帮我，说我的确是好人，而她没有说任何话，说明她不过是个平民，'死'了之后刷存在感，给你们造成误解，让你们把我也投出去。真相只有一个。"

我捏着不存在的领子上的蝴蝶结，学着柯南的模样。

林雨汐气得指着我语无伦次：

"黎玥这家伙会玩！好！你赢了！我算是毁你手里了。"

我笑着冲她抛个媚眼。

骆一橙笑着看我们争吵，他说：

"投票吧。"

我不由分说，丝毫不迟疑地指向冀尧，冀尧摇着头，被我气得一句话都说不出来。

程晨也指向了冀尧：

"我觉得黎玥分析的有道理，我也投冀尧。"

萧凡也给力地指向了冀尧：

"名侦探柯玥，是你了！"

其他不知所以然的无辜平民们也随着我们投向了冀尧，坚信他一定是杀手。

骆一橙露出了他标志性的邪魅一笑：

"冀尧出局，游戏——结束！杀手获胜！"

大家先是惊讶地一愣，继而炸开了锅：

"谁是杀手啊？"

"怎么可能？骆一橙记错了吧？"

"杀手三个，出局两个了啊！"

我、程晨和萧凡只是静静坐着，不说话，以胜利者的姿态看着他们。

林雨汐、叶墨翎和冀尧几乎是异口同声：

"我们三个是警察！黎玥这个大骗子才是杀手！！"

骆一橙说：

"警察确实是他们三个，杀手是——程晨，萧凡和——黎玥。"

大家都目瞪口呆地转向我，开始了对我的谴责。

我摊着双手：

"我智商高怪我咯。"

大概今天是个黄道吉日，之后的几局都是我所在的队伍获胜，尽管叶墨翎这个"搅屎棍"总在坏我事，每一局开始，他总是指着我说：

"我不管，我就投黎玥，黎玥这王八蛋陷害我！跟你们说，开局先投黎玥，没毛病！"

巧合的是，每次我与叶墨翎的身份也刚好是相反的，利用他毫无理由地"投人"的弱点，我把他陷害了无数次，他已经濒临绝望。

…………

直到晚上十一点，家长都开始焦急地打电话来催着我们回家，毕竟我们还没毕业，三天后还有中考要参加，谁也不敢现在就保证，自己中考一定会考进自己理想的高中，就是骆一橙，也没有这个勇气去保证。

三两个结伴，从酒吧包间里走出来，包间外还是灯火通明的热闹，走出酒吧后，才真正感受到了夜晚的寂静。

　　这一天即将结束，一天的喜怒哀乐也将随之逝去，成为过去，载入每个人的记忆史册。

　　我坚持推脱了骆一橙送我回家的要求，不希望他因为我影响情绪，在中考中错失良机，上不了最好的一中。其实当初换座位，一方面是我自己的原因，另一方面，是因为骆一橙，他的模考成绩一次比一次下降，我总觉得是因为我上课说话拖累了他。当时理智地选择离开，是正确的，因为后来啊，骆一橙的模考成绩尽管仍旧没有达到他原本最好的水平，但比起前几次，进步了好多，但——三模，他在三五五班第一次失去了第一名，成为第二名，老黑取代了他的位置，我也不知道，他如何承受这样的打击。

　　尽管他无数次和我说，他不在意排名，但若换作是我，还是会很在意那一次的失利。如今，他仍然不知道我当初换座位很大一部分原因是为了他，他不问，我也不想说。

　　其实我什么也没忘，只是有些事只适合收藏，不能说，也不能想，却又不能忘。

　　借着今天的放肆，什么情绪都从心底里掉了出来，大脑乱得理不清。

　　黑暗里，看不清骆一橙的表情，我向他挥挥手，回家的路要和凝阳一起走，转身的瞬间，眼泪不听话地流了出来。

　　突如其来的毕业，悄无声息的分离，不知不觉地成长，太多情绪都在这一晚爆发。

　　偷偷别过脸，衣袖拂去泪痕，不想让凝阳知道。

　　天上的繁星眨着眼，儿时天天听着的《小星星》在脑海中单曲循环。多少次，和凝阳在这片夜空之下，在学校与家之间辗转。也许这是最后一次一起回家了。以后再回到小城，兴许也成了一种奢望了。

星空太美，也许是因为它遥远却给人希望，就好像梦想一样。

一觉醒来，头昏脑涨，今天再去学校，是去参加毕业典礼了。

举行毕业典礼的校园，不再是我们经历了许多纷纷扰扰的主校，而是我们初二时所在的分校。我对分校的记忆，也还停留在和韩小小在一起的幼稚时光。

但我们已不是当初幼稚的我们了。

此时校园中播放的音乐是《北京东路的日子》，六月中旬的校园很是美丽，草绿过了，花长开了，我们，也该离去了。

整个校园都是沸腾的，大家都忙着往校服上签名，与老师照相留念，然而，这些事我们早在上次为金老师准备的"巨大惊喜"中完成了。

我们这一大帮子朋友坐在一起百无聊赖地等着毕业典礼的开始。

凝阳也来了，他手里抱着一个大玻璃瓶，里面塞满了手工叠好的玫瑰，什么颜色的都有，漂亮极了，我盯着那个罐子看着，只是觉得很好看，从没有想过，那竟是送给我的礼物。

凝阳站在我面前，他的头挡住了散落在我脸上的阳光。他什么都没有说，身边的这群孩子们不嫌事大，又开始叽叽喳喳地起哄了：

"哟哟哟！这最后一天势必要搞点事情哟！"

"表白？"

"凝阳一生中最难忘的时刻来了！！"

"哇！"

"有人考虑一下骆一橙的感受吗？"

"他还没来，没有关系！"

"凝阳你赶紧的，我们保证不告诉骆一橙！"

凝阳被他们的七嘴八舌搞得尴尬极了，木木地站在我面前，把那一大罐子的玫瑰花递到我面前，顿了顿，说：

"送你的。"

我连忙接了过来，看着他，玻璃罐沉甸甸的，兴许不只是它本身的重量让我觉得重，可能更是凝阳这份心意。

"黎玥……这一罐玫瑰花送给你的……我……很早之前就开始学着折纸了……你也知道，我笨手笨脚的，搞不好什么，这些玫瑰花我叠了好久，总是叠坏，我……这里……一共有九十九朵玫瑰花……就送给你，当作毕业礼物……我……"

他似乎还想要说什么，我周围坐着的小伙伴们又开始了，他们悄悄说着：

"加油凝阳！加油！"

"看好你！"

"谢谢你的礼物，我特别喜欢，我收下了。"我打断了他们所有人的话，包括凝阳即将要说出口的话。

"你妈妈来了。"

凝阳一转头，他妈妈向这边走了过来。

毕业典礼邀请家长一起来，我妈妈当然也来到了学校。所以，这也是我说，昨晚和凝阳是最后一次一起回家的原因。

我站了起来，拍拍屁股，向我妈妈走过去，把这一罐玫瑰花递给了妈妈，妈妈也惊叹于凝阳竟有这样精致的手工。

凝阳妈妈走了过来，对着我，也对着妈妈，说：

"凝阳可是很认真地叠了这一罐玫瑰花，从百日誓师那天开始就叠上了，我问他给谁叠，他也不说，我猜也是黎玥，他每天回家也都念叨着黎玥，说这是他最好的朋友。"

我笑着对阿姨说：

"阿姨，真的谢谢凝阳，他也是我的好朋友。"

"凝阳总是在家里提起你，他说——"

"妈！"

凝阳不高兴地打断了他妈妈的话，他妈妈笑着和我妈妈说：

"凝阳还害羞了呢！这些孩子们啊！"

妈妈也笑着说：

"有凝阳在我可放心了，黎玥每天上学放学和他一起走，我从来不担心！"

围在我们身边的同学都开始捂着嘴偷笑，我推着林雨汐准备逃离现场：

"哎呀，妈妈我先走了！"

妈妈说：

"赶紧去吧！"

我推着一堆爱起哄的同学，生拉硬扯，总算是给他们弄走了，可真是愁死我了。

远离了妈妈，他们果然不忘酸我几句：

"哟哟！凝阳在家老是提起你！"

"每天一起上学！"

"可放心了！"

我无奈地看着他们，他们总是这样瞎起哄，没有个限度，要是看我真的不愉快了，他们也只会开玩笑说只是闹着玩。

骆一橙向我们这边走了过来，兴许他已经知道刚刚发生了什么，面无表情，我却很明显地感觉得到他的不高兴。

他走过来，没等站稳脚，早已将书包甩了下来，表情冷漠地坐在叶墨翎旁边的草坪上，一句话不说。

我不敢看他的眼睛，只是悄悄瞟他几眼，他生气的样子特别好笑，就像小孩子一样，气鼓鼓地坐在那里一句话不说。

程晨也向我们这边走过来，林雨汐别过头，轻轻地"哼"了一声，程晨和骆一橙一个德行，人还没有走过来，书包直接甩到了地上，只是程晨没有坐下来，他不看我们，也不看雨汐，目视前方，两手插在裤兜里，林雨汐也不看他，坐在地上，将脸埋在袖子里。

我看看林雨汐，再看看程晨，又看看骆一橙，一个个就像吃了枪药似的，脸臭得不可言喻，今天不是毕业典礼嘛！怎么都这个样子！

人都来得差不多了，我拍拍屁股站了起来。全班同学按跑操队形站成小方队。这也是最后一次和三五五所有同学在一中校园里站成方队队形了——就像每次举行集体活动时那样。

三十二个班级，一千八百多号人，上百位老师，齐聚在一中分校校园里，主席台上拉着横幅：

"青春逐梦，笑赢中考——2017届一中初三毕业典礼暨中考动员大会"

语文老师是这次活动的主持人，他举着话筒，在主席台上发言讲话，抒情至极，大家纷纷潸然泪下，沉浸在伤感的情绪中无法自拔。

每一位班主任都站到了主席台上，每个班的学生代表走上主席台，给自己的班主任献上一大捧花，班主任依次为我们寄语。

每一位老师的寄语都很特别，很有味道，但我想说，金老师的寄语，一定是全世界最特别最有味道的。

她今天身着一袭长裙，淡淡地涂了口红，正与她红色的长裙映衬着，长裙是红白相间的，再配上一件白色的马甲，颈上点缀着一条银色的项链，像极了一颗行走的"阿尔卑斯糖"，并且还是树莓味的，肩上斜挎着一个淡粉色的小包，嫩白的双臂，腕上配着一个简单的玉镯，脚下踩着一双恨天高，不再多加描述，只用八个字即可形容：

"沉鱼落雁，闭月羞花"。

轮到金老师发言的时候，她拥着两大捧花——我们班的同学分头买了两捧花送给她，反正三五五就是要和别的班级不一样——举起话筒，欲言，又止，拿出早已准备好的纸巾，还是没有忍住地落泪了。

她一边哭着，一边说着：

"感谢上帝给了我五十五个孩子，这些孩子出众非凡，我相信……他们一定有最好的未来在等待着！孩子们！我爱你们！"

我们全班五十五个人吼出前几分钟刚商量好的答话：

"金老师——！谢谢你——！金老师——！我们爱你——！"

声音响彻校园，回荡在一中分校的上空，久久没有消散，金老师早已泪崩，我们亦如此，连校长都惊叹于我们整齐浑厚的口号声，其他三十一个班的同学都佩服地看着我们班，尽管有些班级也喊了口号，喊了答话，却从未有过我们这样的团结。

我们有着最好看的班服，我们有着最棒的老师，我们有着最友爱的同学，我们有着……

校园里响起了《奔跑》。三十二个班的体委举着班旗，跑在操场上，一圈又一圈，班旗在风中飘荡，我们呐喊着，鼓劲加油，眼中看不到其他，只看到印有三五五的班旗，张扬在阳光下，张扬在绿草之上。

最后一次所有人站在一起，无忧无虑，最后一次。

宫灯夜明昙花正盛，共饮逍遥一世悠然。愿你我，在没有彼此的光辉岁月里璀璨耀眼。

一念起，天涯咫尺；一念灭，咫尺天涯。

一切结束了，可以离校了。尽管，没有人想离去，大家都在操场边磨磨蹭蹭，兴许，不是不想离开学校，而是舍不得离开这段回忆时光。

骆一橙不开心，林雨汐不开心，程晨不开心，好像我又有多开心似的，好像我知道他们为什么不开心似的，他们商量着一会儿去哪里玩，我不想错过这一次玩耍的机会，却又不想和他们去，矛盾不堪。

我揪揪林雨汐的衣角，她不理我，又揪一揪，她还是不理我，和程晨正不知因为什么在冷战赌气，我直接大声问道：

"一会儿什么安排？"

她依旧不理我，我又转过去问萧凡：

"一会儿什么安排？"

萧凡正在鼓捣她的手机，我们都站在骄阳烈日之下，我早已被晒得难受烦躁，我皱着眉头，冲他们说了一句：

"我先走了。"

他们也没有说什么，林雨汐回过头问：

"一会儿我们还要出去玩，你干吗去？"

"我先走了。"

"行吧，路上慢点。"

我没有再说什么，扭头离去，也许是当时烦躁至极，再没有回头看他们一眼，也——没有回头，再看母校一眼。

我想过很多次告别的场景，和家人告别，和朋友告别，和老师告别，但从未想过，我会这样与一中和我最好的朋友们毅然决然地告别。

我想过很多次离别的方式，尤其是毕业这天的离别，我以为，我们会哭得一塌糊涂，我们会说着会想对方一辈子的话，我们会抱着对方互相鼓励，祝对方中考胜利，但是，从未想过，他们一直在低头玩手机，而我愤愤离去，带着不满和遗憾，又一次地彼此错过。

转身跑起来，跑出校园，当年的我们是如此幼稚，不知——有些事，一转身就是一辈子。

我想，我们会在下一个路口，思念当年那无处安放的，我们遥远的青春。

想人间婆娑，全无着落；看万般红紫，过眼成灰。

（二）

不恋尘世浮华，不写红尘纷扰，不叹世道苍凉，不惹情思哀怨。闲看花开，静待花落，冷暖自知，干净如始。

所以，做自己。

"你今天上午为什么提前走了？"

手机铃声又响了起来，其实也不用多想，一定是骆一橙了。不想说那么多，只是简简单单地回复了几个字：

"不舒服，先走了。"

他回复了我一大串文字，我却懒得打字，一直盯着屏幕，不回复他。

"叶墨翎妈妈硬是不让他跟我们一起去玩。"

"我们一直劝说他妈妈无果，最后直接把他拉走了。"

我看着他，没什么好回复的，就岔开了话题：

"你什么时候走？"

"去哪？"

"离开小城。"

"7月初，去东北，我姐结完婚以后我直接从东北去北京了。"

"嗯嗯。"

"你几号去北京上口语课。"

"6月27号。"

"补完课你有什么计划？不回小城了吗？"

"7号补完了课估计就可以去找你了。我不回小城了。"

"之后呢？"

"我想学挺多技能，嗯对，还有就是，林雨汐啊我姐姐啊我妈我爸啊要给我过生日。"

"你的生日不是7月27日吗？"

"对，但我要先过农历的生日，我是农历六月初七出生，放在今年是公历6月30日，但是那天应该在上课，所以只好提前或者推后了。然后呢，7月27日再过公历的生日。想想就美好，啦啦啦！"

"行，你上课期间不能出来吗？"

"不能哎，我上的是全日制的课。"

"好，我7月11日去找你。"

"你保证。"

"不相信我吗？我偏不保证！"

中考前的三天本是用来休息放松调整心态，或是查漏补缺临时抱佛脚，而我，只是窝在被窝里，刷剧，与骆一橙"探讨未来"，都是些毫无用处的举动。

还没有真正做好准备，就要开始上战场了，兴许不是没有做好准备，而是此时也不知还能再准备些什么了。

6月20日星期二的早晨，天微微亮，薄雾蒙蒙雨蒙蒙，太阳果真没有现身，每到中高考的时候，无论之前是多么炎热的天气，总会巧合地在这三两天里来一场雨，为考生降温。莫名地带来一种惆怅的情绪，萦绕不散。

早上六点五十五分，刚起床没多久，骆一橙来了消息：

"嗨，黎玥，要中考了。"

忙乱与紧张之中，我没有回复他，但是有了这样一条信息，觉得心里很是踏实。

自己一人拿着笔袋走向考场，不是我的一中，是另外一所小得很的中学，校园周围是一圈铁栅栏，身在其中感觉就像在监狱里一样压抑。

令我难以置信的是，居然在校门口看到了金老师，依旧穿着毕业典礼那天的那条"阿尔卑斯树莓味"的裙子，笑着看我，以往放荡不羁的我，这一时刻不知怎的，扭捏不堪。金老师走了过来，身上是那缕熟悉而不腻的悠悠香气，她拥抱了我，在我耳边轻声鼓励：

"你会胜利的，金老师相信你，加油宝贝儿！"

恍惚间放开了金老师，扭过头去，向考场里走去，没有再回头，也不敢再回头看一眼站在校门口的金老师，我怕，不是害怕会让她失望，而是害怕就此别离。

按照骆一橙昨晚的提前指路，我顺利地找到了考场。我的考场在教学楼二楼，左手边第三个教室，陌生的学校和曲曲折折的路，如果没有骆一橙，找考场一定还要找好久好久，他似乎很是了解我是一个大路痴。

站在门口的老师拿着一个经常在机场见到的，用来检查随身物品的安检仪，检查核实身份一番之后，我进入了考场，看见了林雨汐，她早已坐在了里面，也许是一种缘分，我和雨汐被分到了同一个考区，居然还是同一个考场！看到她，心里又感到一种归属感。

考场里静得很，我的脚步声显得格格不入，所有人都抬起头看了我一眼，雨汐看到了我，给了我一个微笑，像是一针镇静剂，打在了心底，这辈子我都不会忘掉那个笑容。

她用眼神示意，看向我的桌子，其实我早就知道我是哪个桌子了，依旧是骆一橙前一天考察好告诉我的，靠窗户第一个座位，我走了过去，桌上放着一个透明笔袋，里面装着齐全的学习用品——我最喜欢用的"考试必备"针管笔，"孔庙祈福"的全套橡皮和套尺，一个"晨光"的圆规，以及削好的三支2B铅笔，也是我初三一年所用的那种铅笔，透明笔袋里还有一个透明板，折了一折，展开后，才明白是垫纸用的，透明板后面画着一个小怪兽的头像，一看就不是厂家印刷的，是人手画出来的，我疑惑地回头去寻林雨汐的眼神，她似乎早已在等待我回头询问，她张着嘴，不出声地指指桌上的文具，用口型说：

"骆一橙！"

我瞪大了眼睛，不敢相信地看着她。骆一橙是怎么进来的呢？每个人进入考场都要经过门口的老师拿着准考证和面部扫描仪进行检查的。谁让我和林雨汐心连心，她猜出了我心中的疑问，手比画着告诉我：

"骆一橙让我给你带进来的。"

我恍然大悟，点点头，冲她笑了笑，比了一个加油的手势，便回头去整理桌上的东西了。

考试开始的铃声响起了，第一门是语文，手里捏着刚发下的卷子，拿出骆一橙为我准备好的笔，深吸了一口气。

战斗，开始！

填了考场考号和名字，我便开始答题了。

大脑却不知怎的，处于一种不受控制的状态，不能说是一片空白，因为我还能想得起我曾经背过的内容，但也不能说是清晰专注，因为这么多天来的各种事情总是往脑子里涌动，推都推不掉。

这样的心态导致我第一道大题——填写古诗词，出现了问题，往答题卡上写答案的时候串行了，多么可恨的一个错误！

谁知这一错可好，直接慌了，严重影响到了我的心情，所以经验之谈，要不保证心态极好，不怕出现失误，要不就保证没有错误，否则真的会慌掉。

抬起头，手托着脑袋，我清楚地知道自己慌了，所以干脆不去做题，先调整心态。看着窗外，还下着蒙蒙细雨，空气里挟着潮湿与清新，窗外一个人都没有，最远处是隔离带，我甚至看得见隔离带与铁栅栏外焦急等待我们的家长。

就这样发呆了好久，是发呆吗？脑中过电影一样地回放了自己的十五年，甚至是想象起我第一次学会说话时全家人激动的模样。有些回忆尽管模糊，却依旧在心中遥远的地方，触及得到，却再也回不去。

回过神来，划掉写串行的古诗词，重新誊写了一遍，在靠近方格的部位写下了正确答案。我不确定判卷机器是否可以扫到我的答案，反正接下来只能是靠运气了。

然后是选择题，是小作文，是大作文，结束。

从考场恍惚地走了出来，今早的第一门考试一言难尽，无人知晓我的内心在那几分钟发生了什么，兴许是一场动荡，是一场洗礼罢。

和林雨汐一起手拉手走出校园，直到林雨汐看到了早在门口等她的程晨，才放开了我，与我道别。

走出校门，就看到了金老师被一群叽叽喳喳的同学们围着，有的神采飞扬，有的闷闷不乐，有的沉稳严肃，有的嬉皮笑脸，我看了几眼，顿住脚，却没有上前，只是告诉自己，这一幕不能忘，要牢记，毕竟，与金老师见面的次数也只有倒数了。

我的眼睛突然被一只大手遮住了，我默不作声地用两只手搭在这只大手上，把大手移下来，回头，是骆一橙。稍稍一歪头，看见不远处站着凝阳，他看着我，或者说，看着我们，一动不动，我的心揪了一下，想说些什么，或是做些什么，终究没有。

骆一橙在后面推着我，把我从人潮拥挤之中推了出来，然后跟我我肩并肩走着，他说：

"完犊子了。"

"嗯？"

"语文《西游记》那道选择题又错了。"

"别说！我不要对答案。不听不听，耗子念经。"

"我没看过《西游记》。"

"看过有什么用，语文老师之前讲的我压根没听懂，就好像没看过一样。"

骆一橙唯一的一点点缺陷，就是书没有我读得多，但他还是比其他同龄人读的书多。而我只是更加热衷于读书，读过的书数不胜数罢了，也不算什么优点吧。

骆一橙又叹了口气，说：

"我语文第一道大题古诗词默写串行了。"

"什么？！！"我惊讶得很，怎么会有这样的巧合。

骆一橙瞥了我一眼，说：

"又不是你串行了，大惊小怪！我都没有你这反应。"

"我！我也串行了！！"

骆一橙吃了一惊，又说：

"都是瞎了。"

我很难理解，明明答案写串行又不是什么好事，却因为跟骆一橙有了同样巧合的经历而感到激动，人真是奇怪的生物。

下午是理综考试，仍旧照常发挥，对于骆一橙来说，这是他最擅长的科目了——唔，我竟然又在考试的时候想起他了。

"中考的时间太充裕了。"

考完试后，和骆一橙又一次走在校园外的小路上，甩开那些人声鼎沸，静静地走着，有那么一瞬，我突然想起了凝阳，好久没有和他一起这样回家了，也不知道他考试发挥得怎样。

我说：

"你可以提前交卷啊！"

"你知道吗，昨天我在 QQ 音乐上看到一张图片，上面写着：永远不要提前交卷，因为有一个男人在比赛最后的三十五秒得了十三分。"

"好的科比兄。"我噘着嘴说道。

"聪明！"

"可不嘛！"

"明天好好考，祝你金榜题名，虽然也没什么用，反正你都会去天津。"

6月21日早，数学考试。

我发挥失常了，好几道大题没有做出来，不是我的正常水平。慌也没有用了，指甲也咬了，也坐立不安了，也无奈过了。然而都没用了。

中午在路上，我什么都没有说，还是骆一橙先开口：

"上午的数学挺难的。"

我深吸了一口气，别过脸说：

"祝你文综考到一百四十分。"

他笑着说：

"只能扣十分？好，我记住了！"

文综其实才是中考所有科目中最难的，因为它是最难拿高分的，是最令考生头疼的科目。政治历史各占七十五分，对于优秀的学生来说，总分考到一百三十分即是最佳了。

政治也是每年考题内容最杂的科目，今年依旧。回家之后打开手机，朋友圈都炸了，大家又开始吐槽起了今年的政治考试，微博也炸了，都是考生们抱怨的声音。

政治考试考了什么？各种想得到的想不到的内容都考了。正如安柠一发给我的这段调侃式总结语：

震惊！景区保安为何监守自盗？正月初三的晚上究竟有没有月亮？夜晚悄然出现的十六万元现金与红色塑料袋，这一切的一切，究竟是道德的沦丧，还是——我省的中考文综？

只是一道破案题，就被大家集体讨伐了。

尤其是骆一橙，从考场出来后，一本正经地严肃地问我：

"大案破了吗？"

金老师听了我们的抱怨后，一直安慰我们不要心急，毕竟只剩下明天最后一门考试了，最后一门课程是金老师所教的英语。

骆一橙在微信上给我鼓劲：

"祝你英语一百二十分！"

"好的呢，你也是！"

6月23日中午，一切考试结束。

中考结束了。

人生恰似一条没有终点的路，有山穷水尽的荆棘，也有柳暗花明的坦途；

命是失败者的借口，运是成功者的谦辞。

才走了几分之几，无人知晓，还有几分之几。

慢慢领悟，人不是为了自己而活着，是为了活出自己。

小世界的如果

青春时代的唯美甜蜜？那些都是不存在的。所谓花季雨季的怦然心动，抑或是绚丽多彩，皆是电影和言情小说里的老套剧情，用来吸引观者的眼球。或者说，这些美好都是少数人所有的，至少我是这么认为。毕竟，在真实的现实面前，我一无所有，即使拥有，也没有能力挽留，可以留下并存于心底的，只有淡淡的忧伤回忆。

　　曾看到一段话：

　　有些话说与不说都是伤害，

　　有些人留与不留都会离开，

　　如果有天我放弃了，

　　不是因为我输了，

　　而是我懂了。

　　兴许这即是老师们一直都在反复说的，我们太年轻，还不懂什么是爱，初中高中谈恋爱，只是太看轻了"爱"这个字的重量。

　　如果，还有下辈子，我希望不再遇见你，就请让我转身离去吧。

　　中考结束的那天下午，金老师请我们那十几个关系特别好的小团体吃了自助餐。尽管一人份的自助餐不到一百元，但人多意味着花的钱就不少。

　　这顿饭的起因要追溯于我们初二时的那场运动会，我们十几个人是负责走方队的，一中的运动会总是别具一格，开幕式会举行一场盛大的 cosplay 走秀，每个班都会有各自精心准备的服装和队形。老金一直喜欢民国装扮，因此让我们买了民国风的衣服，女生上身是蓝色衬衣样式，下身是黑色长裙，而男生则是标准中山装，穿起来就如同民国时期正在上学的文艺青年，刚开始拿到服装大家还觉得不好看，没想到穿在身上效果极好。我们又准备了放飞鸽子的环节来衬托气氛，每人手中捧着一只鸽子，走到主席台前时所有人一面喊口号，一面伸手将鸽子放飞，鸽子扑腾着翅膀，飞向空中，伴随着我们洪亮的口号声，效果十分震撼，在全校赢得了一致好评。金老师高兴至极，兴头上便承诺说：

"今天大家都表现得特别棒！回头我请大家吃饭！"

我们欢呼雀跃，拍着手大喊着。

没想到，这一顿饭，一直让我们等到了中考结束这天下午。

我们几个女生坐着金老师的车，一路叽叽喳喳地来到了饭店，男生则自行前来，一到关键时刻足以看出我们女生在金老师心中的重要地位！

刚到饭店门口，我的手机响了，这一刻金老师她们都突然不说话了，突如其来的安静令气氛很是尴尬，我一看是陌生号，皱了一下眉，疑惑地接了起来。

"喂，在哪？"

熟悉的声音，我试探性地问了一声：

"骆一橙？"

"嗯。"

"我们已经到了。"

这边我刚说完，周围便炸开了锅，林雨汐和萧凡可抓住了话柄，对着老金一顿"嘿哈"乱说，老金笑眯眯地看着我不说话，我也只是笑眯眯地看着老金，内心里却无奈得很。

总算等到了所有人都到齐后，我们进去了，老金找了一张长桌，可是没想到除了我们几个，又来了几个男生，人有些多了，大家挤着坐在一起，林雨汐和程晨面对着坐，我本是与叶墨翎对着坐，结果又被萧凡他们这群损友起哄，强烈要求骆一橙坐我对面，我只能是假装生气，他们才肯罢休。这群人在老师面前也一点不知道收敛！

我不知道烤肉是辣的，林雨汐和萧凡这两个坏人，故意要陷害不能吃辣的我，佯装好意要喂我吃烤肉，给我塞了满满一大口进去。我顿时眼泪和鼻涕交错纵横，我一边嘴一张一合地大口呼气一边叫着：

"纸！"

林雨汐大笑着：

"不给！自己拿！"

所有人都冲着我哈哈大笑，赤裸裸地嘲笑着我，冬把纸盒递到我面前，慌乱之中我就像拉住救命稻草一样，揪了一张纸，然而，萧凡这个坏人还不罢休地说：

"把纸巾拿走拿走！"

所有人都在看我笑话，老金也笑眯眯地看着我：

"这样是不是不太好！"

我大吼着：

"当然不好！！金老师您别光说啊！帮帮我！"

"我帮你也没用啊！"

我一听这话，陷入了绝望之中，这是明摆着默许了萧凡他们的"恶行"啊！

这时，只听"啪"的一声，一盒纸落在我面前，我连忙伸手去抽，抬头瞟了一眼，是骆一橙，一巴掌将纸盒拍在了我面前，一句话都没有说，继续低着头看手机。

我就知道不会有好事了，集体发出的声音是很可怕的：

"咦——"

"哎哟哎哟！骆一橙！啧！"

"骆一橙心疼了呢！！"

"就是！不能再整黎玥了！人家也有人给撑腰了呢！"

"好怕怕哦！"

"……"

金老师半信半疑地看看我，又看看骆一橙，说：

"你们开玩笑呢，还是说真的呢！"

"哎呀呀！金老师还不相信我们！绝对真的！"

"我觉得——骆一橙不喜欢黎玥这款的吧？"

"金老师说什么呢！喜不喜欢人家说了算嘛！"

"骆一橙！你喜欢黎玥这样的啊？"

我咽了一口唾沫，尴尬地笑着，看向骆一橙，心情很矛盾，既想知道又害怕知道骆一橙会给出怎样的回答。他抬起头看着我，不说话。

最怕空气突然安静。

为了缓解尴尬，萧凡一挥手，说：

"老师怎么能问这种私人的问题呢！骆一橙这不是不说话了嘛！肯定是默认了嘛！"

金老师嘟囔了一句：

"黎玥这类型，是吧，像个小疯子似的，原来骆一橙喜欢这款呀！"

大家又开始叽叽喳喳地说了起来，你一言，我一语，这个话题就这么被盖过去了，我余光瞟瞟骆一橙，他又低下头看手机去了，我理理头发，假装什么都没有发生。

我们本来准备只是象征性地让金老师请我们吃饭，但是把钱都还给金老师，所以我和萧凡一直在悄悄收钱，林雨汐在老金上厕所的时候，悄悄把她的包拿到我们这边，将收好的钱塞了进去，正准备把包放回去的时候，老金回来了，我们没有机会再放回去了。

没多久，老金一转身，发现自己包没有了：

"咦？我包呢？"

我们都偷笑着，假装帮着老金找包。

萧凡一叫：

"呀！金老师！您书包怎么在我们这里呢！这谁啊这么欠！怎么把金老师的包藏到我们这里！"

老金不傻，似也猜出几分，拿回包后，看到里面一厚沓的钱，硬是不愿收下，感动得眼里泛着星点泪花，最终还是把钱还给了我们。

世界这么大，为什么我会偏偏遇见如此之好的金老师，让我对这段初中时光又增加了更多留恋。

饭后，老金又请我们去玩了密室逃脱，还是她出钱，就是不让我们花钱。我们玩得筋疲力尽，我也被密室里有点恐怖的主题吓得尖叫不停。从密室出来后，外面飘起了雨，老金却依旧兴致不减，还要请我们所有人去 K 歌，可我们早已玩不动了。

就那样，在密室门口匆匆告别。我哪知道，这一告别，有多珍贵，转头离去，有可能再不复遇见。

上午我们还在中考考场里奋笔疾书，下午就在这里说着告别。

无论是露着大牙笑疯，还是湿着眼眶痛哭，都已是过去时了。

此刻，只想引用席慕蓉《诀别》里的那句话：

请原谅我不说一声再会，而在，最深最深的角落里，试着将你藏起，藏到任何人、任何岁月，也无法触及的距离。

金老师，谢谢您，三年来的照顾与陪伴，祝您以后一切安好。

几天后，韩小小把我从 QQ 好友中删除了。

我原先只以为，不忘初心，方得始终。却不知道，初心易得，始终难守。

我早该知道的。

被韩小小删除好友的原因只是我总在动态中发一些和林雨汐、萧凡有关的照片，占有欲强的她因此而吃醋，眼不见心不烦，就这样删掉了我。

难过到深夜，骆一橙依然在手机里陪着我，安慰我：

"该散的总会散，人的一生中会遇到太多人，有些只是匆匆过客。删了你那是她的选择，既然她不想再维持这段友谊，你也就别再想她了，离去的人总要离去，无法强求。这些人情冷暖，说变就变，你生气伤心也没有什么用，人总要失去一些东西的。我知道你平时的大大咧咧都是表象，其实背地里也是敏感细腻的，比谁都在乎身边的朋友们，你是真的性情中人。"

很久没有这么伤心过了，我看着他的消息，还有其他人的安慰，很多朋友都承诺会一直一直陪着我，竟忍不住哭了出来。我回复了骆一橙一句话，就去睡觉了：

"我要抱着我的哀伤睡觉了。"

"你要学会成长，我情商也不高，不知道怎么才能让你开心，祝你晚安。"

骆一橙，感谢你，还有所有人的陪伴。让我尤感幸福。

6月28日凝阳陪我一起庆祝了我的农历生日，然而真正的生日其实是30日。

30号那天，骆一橙准时给我发送了祝福的信息："生日快乐！"

此时我已经去了北京的夏令营，开始进行魔鬼般的英文口语训练了。夏令营是全日制的，中间不能离开学校。尽管骆一橙不止一次地发过牢骚叫我出来，他要帮我庆祝生日，但我还是不能违背规定。

"你想要什么生日礼物？"骆一橙发来信息。

"我想要你……"

我故意断了一下句，过一会儿才继续回复：

"陪我吃陪我玩，三陪！！"

"好好好，你以后就是我的大狗子了。"

"不要！大狗子不好听呢！"

"那你想要什么称呼？"

"随便嘛，不用特意起什么称呼也可以聊天啊。"

"不带劲。"

"那你就叫喂或者哎。"

"喂哎？你成功造了个词出来。"

"我是说单独使用！"

"不，大狗子，你要听话，就是大狗子。"

"我不听，大狗子才不好听。"

"喂哎多 low 啊，大狗子多洋气啊！"

从此以后，我们每天都这样有一搭没一搭地聊着天。

骆一橙："大狗子，你睡了吗？大狗子，你不能睡啊，你知道吗，我每天只跟你一个人聊天呢。"

我："心情好烦啊！我室友总是和我开我并不喜欢的玩笑！"

骆一橙："不要太在意啦，人家可能就是喜欢开玩笑嘛，你有不开心的事情可以朝我发脾气。"

我："我不！"

骆一橙："大狗子，乖，那你跟室友好好谈谈呀。"

我："我不！"

骆一橙："大狗子，我现在在齐齐哈尔了，我要去参加姐姐的婚礼了，过几天就去找你，乖。"

我："好啊好啊！"

骆一橙："你想去哪里玩？"

我："我想去三里屯看电影，去蓝色港湾滑冰，去朝阳大悦城吃遍好吃的，去南锣鼓巷买好多好多卡哇伊的小玩意，去超级贵的咖啡厅坐一下午。你呢，你想去哪儿？"

骆一橙："我想和你一起去你想去的地方。"

……

骆一橙："大狗子，天真的大狗子，我真想回学校上课。"

我："我也是。我饿了。"

骆一橙："你跟我聊天真不走心。你想吃什么？"

我："吃你吧，将就一下。"

骆一橙："为什么啊？大狗子，为什么吃我？"

我："我喜欢你……"

我："……的味道。哈哈哈哈哈哈！这是《暮光之城》的台词，喜欢吗！哈哈哈！！"

骆一橙："黎玥，你真调皮。"

我："总算叫我大名了啊！"

骆一橙："我多希望你刚刚说完前半句话就断网了，那样多好。"

我："我喜欢你。"

骆一橙："哈哈！"

我："客官是否满意？"

骆一橙转移了话题："话说你当时为什么要换座位？"

我："我本来不打算告诉你的，既然你问了，那就说说吧。当时我知道，你的成绩在退步，你原先排名一直是年级前五十吧？后来是不是掉到了九十多名？尽管前二百名的成绩都能进一中，你肯定没问题，但是我还是觉得是我把你拖下水了，如果没有我上课影响你，你的成绩会更好。所以那时候我决定要换座位了，我不想因为你和我上课聊天而影响你耽误你。虽然那时候我的高中已经有着落了，中考成绩对我来说也没那么重要，如果继续和你同桌，我会很开心。但是假如这次中考你的成绩受到了影响，那我会自责一辈子，我不想你因为我，耽误未来。"

我总算断断续续地把消息发了过去，这些话堵在我的心口有多久了，我也不知道。我从未和任何人说过，甚至包括林雨汐。终于把这些话倾诉出去之后，我长长地出了一口气。

骆一橙："黎玥，我喜欢你。我睡觉去了，晚安。"

那一刻，似梦。

只希望这个世界很小很小，小到我一转身便可以看见你。

骆一橙："我知道，高中一开学我们就要分隔两地，但是我想让你知道，我一直喜欢你。"

我："骆一橙，我也喜欢你。你在我心中，一直是最特别的。"

骆一橙："可惜，你要去天津了。所以，把你的初恋留下来，再等等吧，等到遇见一个真正合适的人。说不定几年之后你再回老家，我会看见你牵着一个帅气的男生回来，不用说，我一定会吃醋，但我也会很开心地去祝福你。"

我："谢谢你骆一橙，错过你是我最大的遗憾。"

骆一橙："都是时间的错。等你回到小城后，我们一定要见面，就算是纪念这段回忆吧。"

我："拉钩钩。"

骆一橙："到天津以后，给我留个地址，说不定我会写信给你。信纸还是比微信有意义得多，晚安，大狗子。"

其实不可惜，也不值得遗憾。我曾在微博上读到这样一句话："相遇不必太早，只要刚好，你是午夜误点的乘客，而我偏偏也选择了这班车。"

你会每天无时无刻不与我在微信上聊天；你会把我的 QQ 空间从四年前的第一条说说赞到尾；你会悄悄去微博上找我的账号，说你一直是我的忠实粉丝；你每天在微信、QQ、微博、短信上发无数个"我一直喜欢你"；你是对我来说最最特别的存在，也是我这辈子最贴心的好朋友。

中考成绩也在不知不觉的时间流淌中公布了，你顺理成章地考进了一中，仍然是三五五班的第一名，这个"学霸"的地位到了最后一次考试都没有动摇。

尽管我的中考成绩已经不那么重要了，但还是要感谢三年来给予我无数帮助和教导的老师们。我的语文得了115分（满分120分），感谢语文老师一直没有放弃我，即使我无数次地逃课，经常不按时交作业，经常在语文课上调皮捣蛋或者开小差，但语文老师的课绝对是我所听过的最感兴趣的课。物理考到了七十九分（满分八十分），感谢我的物理老师李老师，让我对物理产生了无限兴趣……每一个我拿到的分数都很满意。当然最感谢的还是我的班主任金老师。

夏令营的补课终于结束了，在北京，我和骆一橙终究见面了，中考后的第一次见面。

人潮拥挤我只看见他。

他会坐着两个半小时的地铁从西单来朝阳见我，也会霸气地直接把我从朝阳带回西单；他会全程替我拎着包，尽管7月的北京闷热得很，他还是耐心地陪我逛遍大街小巷；他会牵着我的手走在车水马龙人来人往中；他会任性地揪我裙子上的系带，揪开了又俯下身认真地帮我系上；他会在喝咖啡和吃冰激凌的时候一直微笑着，听着我的喋喋不休。

几天的时间匆匆而过，七月，迷上《追光者》。

"我可以跟在你身后，看影子追着光梦游；

我可以等在这路口，不管你会不会经过。"

我唱了这首歌，只献给你，那些年少轻狂却短暂的幸福时光。

骆一橙，我保证，有你陪伴的那些日子，是我最最快乐难忘的日子，你不许忘掉。

公历生日那天，林雨汐说要给我过一个难忘的生日，我们一起去了自拍馆，穿着闺蜜装拍了两个小时的照片。她还亲手为我做了一个蛋糕，晚上我们一起大吃了一顿铁板烧，便分开了。

这一分开，便是又一次错过。

骆一橙又一次发来祝福："生日快乐，大狗子。"

这一次，我终于鼓起勇气，对他说出了这几句话，也许他永远不会知道，我是如何下定决心，如何含泪说出：

"我们就到今天为止吧，一切结束吧。接下来我们都该好好学习了。"

"好。晚安。"

"晚安。"

这是我们之间最后一个"晚安"。

我们有着不同的路要走，暑假结束我们就要各自奔向自己的未来了。当初我们就是这样说好了的，然而到了真正面对分离的时刻，却发现我的心会这么痛。

"鱼与熊掌不可兼得"，这是初三的必背诗文《鱼我所欲也》。虽然道理都懂，然而事实放在自己身上，便乱了方寸。

骆一橙，我们只能选择没有彼此的未来。

我深知，只有放下他，我才能真正投入到学习里去。有些人注定只能成为遗憾了。

盯着有你的照片，久久不挪眼，是你还是风景，看湿了我的眼睛。

刚遇见你的时候，绝对不知道后来我会这么喜欢你，到了如今，到了最后，我很后悔认识了你。

独自坐在房间里，我知道，现在结束了，我还需要时间调整心态，"不过就是和一个好朋友不再每天聊天了而已，没有什么大不了的，对吗？"我只能这样说服自己。

想你的时候，有些幸福，幸福得有些难过。

人说，背上行囊，就是过客；放下包袱，就寻到了故乡。其实每个人都明白，人生没有绝对的安稳，既然我们都是过客，就携一颗从容淡定的心，走过山重水复的流年，笑看风尘起落的人间。

　　我们终究没有再联系，不管你会不会偶尔想起我，我想我都没有什么遗憾，因为曾经的我，是多么希望，可以和你继续，但我别无选择，时间和未来都不允许我做出这样的选择。无论是你，还是其他人，只是看到了我的转身，没有看透我的世界。

　　很久以后我才懂，有些注定不可能的事，开始就是结束。

后　记

我是黎玥，十六岁。

初中毕业于北方一座小城的省重点中学，现就读于天津的一所国际学校中加学部。

我在新的城市又认识了一群志同道合的朋友，开始了新的生活。很喜欢现在的生活，同时也怀念着过去。

林雨汐仍旧在小城上高中，初中毕业后的半年，她与程晨分手了，以前说好的不离不弃，到现在，也只是一言荒谬。只知道毕业后的几个月里他们不停地分分合合，最终还是在2018年前夕彻底分开了。林雨汐哭了好久，他们闹分手的那几天，却也轰轰烈烈，远在千里之外的我还一直为她揪心着。他们像每一对分手的情侣一样，删掉了一切曾经在一起的证据，可我还是不忍删掉我所保留的他们在一起的照片，也算是帮林雨汐保留了一些回忆。

她在电话那端的小城里，哭得令人心疼，记得她曾说过：

"黎玥你知道吗，程晨他对我太好了，我一生一世都不会忘记他。或许每个人都要经历掏心掏肺地付出，然后换来撕心裂肺的结果，从此以后就会发现没心没肺的好处。黎玥，以程晨的学习能力一定能考上一中的，可就是因为我，他才落榜，我想我不能再耽误他考大学了。大家都不是小孩子了，该为自己的未来负责了。黎玥，我放下了，没有纠缠，没有藕断丝连，一切都彻底地结束了。"

雨汐，我们都要经历过一些事情才能够长大，这是成长必须付出的代价啊。

后来，我和林雨汐的联系也渐渐少了，我们都知道，只要心里装着对方就好了。

程晨去了另外一个小城上学，跟雨汐分手后，他曾给我打电话，我听出了他的哭腔，他一直放不下雨汐。

"黎玥，我们以后真的没可能了吗？是真的吗？"

程晨，我知道你的绝望，可我不能欺骗你，我只能说出真相。

"我放手了，我也累了，就这样吧，以后不要联系了，最好再也不要了，到此为止吧，我不会再等她了。替我转告她照顾好自己。你也是。"

分手后的他学习成绩一直很好，排名位居年级前五十。

在那之后我们也没有再联系过了。他一个人在小城，或许也时常会想起我们吧，愿他过得顺心愉快。我一直坚信他是一匹"黑马"，以后一定会考上一流的一本大学。那时再回想起初中的那个女孩和那群朋友，也会浅笑着释然。

凝阳还一直与我保持着联系，他也去了程晨所在的那个高中上学。每个周末他回到家中，总会第一时间联系我。

在那个我们毕业的盛夏，我向他提起到，我与骆一橙的故事。刚提到骆一橙的名字，他就打断了我，不让我继续说：

"黎玥你知道吗，我也喜欢你，但我没有说，是因为怕伤害你，因为你曾经说好不会早恋的，你说好的不会在中学时候恋爱的。黎玥你怎么能这样！"

"我跟骆一橙在一起也就那么几天，后来就没有什么了。我确实也没在中学时候谈恋爱，只是在毕业后的假期啊。凝阳，我只把你当作我最好的男生朋友，除此之外，没有更多了。对不起。"

"什么叫就那么几天，你真过分，黎玥。"

"对不起。"

我也不知该怎么办了，那正是我与骆一橙断了联系的时候，凝阳的话更让我绝望。

第二天，凝阳又来找我了：

"黎玥，对不起，昨晚是我太鲁莽了，没考虑你的感受，但是不管你走到哪里，或者变成什么样，我都会支持你。"

眼泪唰唰落下，我到底做了多少坏事。该说对不起的是我自己。做错的也都是我。

经历了那天的彼此坦白，我和凝阳好像都成长了，我们还像原来一样，是彼此的闺蜜，他很逗，在别人面前叫我"女神"，还在QQ空间里创建了一个仅自己可见的相册，里面放满了我的照片，我也是用他给的账号和密码登录了才看见的。

对于凝阳，我一直心怀歉意。我只能说，他是我这辈子最好的蓝颜知己。

一花一世界，一叶一如来，一砂一极乐，一笑一尘埃。凝阳，愿你找到属于你的三生有幸。

而我，随岁月静好与现世安稳在你心底肆意生长，就够了。

韩小小在那个暑假又重新把我加回了QQ好友。如今，她进入了艺术学院，学习画画和钢琴，全部是她所擅长的。她的每天也很充实，我们偶尔也会有联系，聊天的时候能够感觉到她还像原来一样没心没肺，无忧无虑。她也有了正在交往的男朋友，对她特别好。

唯一遗憾的是，我们缺少了那一季初夏与盛夏的相互陪伴，我们两个人的故事书上也因此残缺了一部分的记忆。

陈曦也进入了一中，认识了一群与她学习成绩一样好的同学，她总是喜欢在QQ空间里写长长的文章，依旧文艺范儿十足。我们也偶尔会联系一下，像以前一样彼此祝福。

萧凡进入了小城中一所不错的学校，开始了一段新的高中生活，而我们十几个曾经玩得好的朋友中大部分都进入了那个学校，她很巧合地与叶墨翎又分到了一个班，好久不联系了，不知她是否过得安好。

与萧凡同班的叶墨翎也好久没有再联系了，听说他有一个短暂交往过的女朋友，后来又不知为何分手了，他也因为这件事而改变了很多，然而具体的故事我就不得而知了。

冀尧也与叶墨翎、萧凡同一所学校，但不是同班。他在学校的新年联欢晚会上表演了一通架子鼓，帅气俊朗，据说招来了一群小妹妹的倾慕，好多小女生在表白墙上留言对他表白。

安柠一与凝阳、程晨同样去了另一个小城。自从毕业后，我们也失去了联系。但初中的最后半年，与他同桌时的玩耍与嬉闹会永远埋在我的心底，无法抹去。

冬去了另一所仅次于一中的学校，听说文理分科后，他的学习也突飞猛进，成绩位列年级前几十名。

金老师和其他老师也都重新接手了新的一班初一学生，偶尔在朋友圈发发他们的照片，我也会不时地吃个小醋。我在高中第一个寒假回去看望了金老师，我们坐在一起一聊就是一下午，再次见面还是感觉如此亲切。

还有一个人，骆一橙，我们却再也没有联系了。

他仍留在一中熠熠生辉，我们终究在朝阳与西单之间做出了抉择，一同走完这一条路，于分叉路口背对背离去，回到各自的世界，各自安好。

你消失了也挺好，不然总是担心你会从我的生活中离去。分别之后，我依旧瞒着所有人，喜欢着你，很久很久。

有句老话，我只是你的故人，不是你故事里的人。

希望你过得很好，但请别让我知道。

又是一个春天来临，而夏天也不远了，我不想再想起你，我的狼狈自己吞下，只把最好的一面留给你，不管你有没有把那个最好的我留在记忆里。

向来缘浅，无法挽留。

祝你岁月无波澜，敬我余生不悲欢。

我们这群朋友们的又一次聚会，是在进入新的高中后的第一个寒假。一起吃了顿饭后，又在电玩城放肆地玩了一通。后来去唱歌的时候把金老师也约了过来，一起嗨了好久，直到晚上十二点，我们才从 KTV 里出来。

外面的街道已空无一人，小城笼罩着静谧与安宁，黑暗蔓延到每一个角落，终究要分离，简单的道别。

转身。

再见。

一个学期后见，四个月后见，小半年后见。

我们这十几个人，虽然每个人都改变了很多，也有了各自形形色色的不同的生活。然而再聚在一起，却仍像是以前初中时一样幼稚疯狂。仿佛未来遥远得没有形状，我们单纯得没有烦恼。

"青春带走了什么，留下了什么。剩一片感动在心窝。时光的河入海流，终于我们分头走。没有哪个港口，是永远的停留。"

很久以后，那年夏，岁月仍悠悠。